【现代文学精品集】

苏曼殊

文学精品选

苏曼殊◎著

U0810720

中国出版集团
现代出版社

图书在版编目（CIP）数据

苏曼殊文学精品选 / 苏曼殊著. —北京：现代出版社，2017.8（2023.7重印）
ISBN 978-7-5143-6449-1

Ⅰ. ①苏… Ⅱ. ①苏… Ⅲ. ①中国文学—现代文学—作品综合集 Ⅳ. ①I216.2

中国版本图书馆CIP数据核字（2017）第211732号

著　　者　苏曼殊
责任编辑　杨学庆
出版发行　现代出版社
地　　址　北京市安定门外安华里504号
邮政编码　100011
电　　话　010-64267325　64245264（传真）
网　　址　www.1980xd.com
电子邮箱　xiandai@cnpitc.com.cn
印　　刷　北京军迪印刷有限责任公司
开　　本　710mm×1000mm　1/16
印　　张　14.5
版次印次　2017年9月第1版　2023年7月第3次印刷
标准书号　ISBN 978-7-5143-6449-1
定　　价　45.00元

苏曼殊简介

苏曼殊（1884 ~ 1918）原名戬，字子谷，学名元瑛，法名博经，法号曼殊，笔名印禅、苏湜。广东香山人。他一生能诗擅画，通晓日文、英文、梵文等多种文字，可谓多才多艺，在诗歌、小说等多个领域皆取得了一定成就。他的诗风清艳明秀，别具一格，在当时影响甚大，是我国近代有名的作家、诗人、翻译家。

1884 年，苏曼殊生于日本横滨，父亲是广东茶商，母亲是日本人。1902 年，他在日本东京加入留日学生组织的革命团体青年会。1903 年，他加入拒俄义勇队。同年，他归国任教于苏州吴中公学，后来到上海参加《国民日日报》工作。不久后，他在惠州出家为僧。1904 年，他南游暹罗、锡兰，学习梵文。。

1906 年夏，苏曼殊被著名汉学家刘光汉邀请到芜湖皖江中学、安徽公学执教，与在日本时的旧友陈独秀相遇。同年，他与陈独秀东渡日本省亲未遇。他归国后仍执教于芜湖皖江中学，并与清代书法家邓石如之曾孙著名教育家邓绳侯相识，结下笔墨之谊。他离开芜湖后与之常有诗画往来。

1907 年，苏曼殊在日本与幸德秋水等组织亚洲和亲会，公开打出“反抗帝国主义”的主旨。同年，他和著名作家鲁迅等人筹办文学杂志《新生》，但没有成功。1909 年，他再度南游，任教于爪哇中华学堂。1909 年，南社成立后，他也很快加入，并成为该社的著名作家。

辛亥革命后归国，苏曼殊参加上海《太平洋报》工作。1913 年，他发表《反袁宣言》，历数袁世凯窃国的罪恶。1918年5月2日，他在上海病逝，年仅34岁。

苏曼殊具有多方面的才能，诗、文、小说、绘画无不精通。尤其以诗的影响最大，故有“诗僧”之称。他的诗风格别致，自成一家。抒情则缠绵悱恻，千回百转，状物则形象逼真，历历如见，写人则栩栩如生，呼之欲出。他的诗作后存约百首，多数为七绝，内容多是感怀之作，这种倾向在辛亥革命后诗作中体现得尤为明显。在艺术上他受唐代诗人李商隐的影响，诗风幽怨凄恻，弥漫着自伤身世的无奈与感叹，其中的《东居杂诗》《何处》等皆是这类诗的代表。

目录

诗　歌

散　文

小 说

书 信

◎

诗歌

苏曼殊

文学精品选

本事诗（十首）

一

无量春愁无量恨，
一时都向指间鸣。
我亦艰难多病日，
那堪更听八云筝？

二

丈室番茶手自煎，
语深香冷涕潸然。
生身阿母无情甚，
为向摩那问夙缘！

三

碧玉莫愁身世贱，
同乡仙子独销魂。
袈裟点点疑樱瓣，
半是脂痕半泪痕。

四

淡扫蛾眉朝画师，
同心华髻结青丝。
一杯颜色和双泪，
写就梨花付与谁？

五

愧向尊前说报恩，
香残玦黛浅含颦。
卿自无言侬已会，
湘兰天女是前身！

六

春水难量旧恨盈，
桃腮檀口坐吹笙。
华严瀑布高千尺，
不及卿卿爱我情。

七

乌舍凌波肌似雪，
亲持红叶属题诗。
还卿一钵无情泪，
恨不相逢未剃时！

八

相怜病骨轻于蝶，
梦入罗浮万里云。
赠尔多情诗一卷，
他年重检石榴裙。

九

《春雨》楼头尺八箫，
何时归看浙江潮？
芒鞋破钵无人识，
踏过樱花第几桥？

十

九年面壁成空相，
持锡归来悔晤卿。
我本负人今已矣，
任他人作乐中筝。

短诗（三十四）

住西湖白云禅院

白云深处拥雷峰，
几树寒梅带雪红。
斋罢垂垂浑入定，
庵前潭影落疏钟。

莫愁湖寓望

清凉如美人，
莫愁如明镜。
终日对凝妆，
掩映万荷柄。

晨起口占

一炉香篆袅窗纱，
紫燕寻巢识旧家。
莫怪东风无赖甚，
春来吹发满庭花。

花　朝

江头青放柳千条，
知有东风送画桡。
但喜二分春色到，
百花生日在今朝。

春　日

好花零落雨绵绵，
辜负韶光二月天。
知否玉楼春梦醒，
有人愁煞柳如烟。

迟　友

云树高低迷古墟，
问津何处觅长沮？
渔郎行入林深处，
轻叩紫扉问起居。

代柯子柬少侯

小楼春尽语丝丝，
孤负添香对语时。
宝镜有尘难见面，
妆台红粉画谁眉？

游不忍池示仲兄

白妙轻罗薄几重，
石阑桥畔小池东。
胡姬善解离人意，
笑指芙蕖寂寞红。

樱花落

十日樱花作意开，
绕花岂惜日千回？
昨宵风雨偏相厄，
谁向人天诉此哀？
忍见胡沙埋艳骨，
空将清泪滴深怀。
多情漫作他年忆，
一寸春心早已灰。

水户观梅有寄

偷尝天女唇中露，
几度临风拭泪痕。
日日思君令人老，
孤窗无语正黄昏。

西京步枫子韵

生憎花发柳含烟，
东海飘蓬二十年。
忏尽情禅空色相，
琵琶湖畔枕经眠。

读晦公见寄七律

收拾禅心侍镜台，
沾泥残絮有沉哀。
湘弦洒遍胭脂泪，
香火重生劫后灰。

寄广州晦公

忽闻邻女艳阳歌，
南国诗人近若何？
欲寄数行相问讯，
落花如雨乱愁多！

过蒲田

柳阴深处马蹄骄，
无际银沙逐退潮。
茅店冰旗知市近，
满山红叶女郎樵。

淀江道中

孤村隐隐起微烟，
处处秧歌竞种田。
羸马未须愁远道，
桃花红欲上吟鞭。

过平户延平诞生处

行人遥指郑公石，
沙白松青夕照边。
极目神州余子尽，
袈裟和泪落碑前。

柬法忍

来醉金茎露，
胭脂画牡丹。
落花深一尺，
不用带蒲团。

何　处

何处停侬油壁车，
西陵终古即天涯。
拗莲捣麝欢情断，
转绿回黄妄意赊。
玳瑁窗虚延冷月，
芭蕉叶卷抱秋花。
伤心独向妆台照，
瘦尽失颜只自嗟！

芳　草

芳草天涯人似梦，
碧桃花下月如烟。
可怜罗带秋光薄，
珍重萧郎解玉钿。

题《静女调筝图》

无量春愁无量恨，
一时都向指间鸣。
我已袈裟全湿透，
那堪重听割鸡筝！

偶　成

汽车中隔座女郎，言其妹氏怀仁仗义，年仅十三，摩托车遇风而殁。余怜而慰之，并示湘痕、阿可。

人间花草太匆匆，
春未残时花已空！
自是神仙沦小谪，
不须惆怅忆芳容。

代河合母氏题《曼殊画谱》

1907 年夏末，刘师培的妻子何震提出向曼殊学画，并拟辑印《曼殊画谱》，请河合仙作序。河合仙无此文化程度，就由曼殊代笔。曼殊写出汉文后，再请人译成日文。故此诗当为曼殊所作。

月离中天云逐风，雁影凄凉落照中。
我望东海寄归信，儿到灵山第几重？

集义山句怀金凤

曼殊对金凤情意绵绵，而此时金凤已他适，难以重拾旧欢，唯有暗地相思，终日怅望了。

义山，李商隐（813 至 858），号玉溪生，怀州河内（今河南沁阳）人。晚唐著名诗人，擅近体，构思精密，感情真挚，寓意深刻，尤以《无题》诗见称。曼殊深受其影响。

收将凤纸写相思，莫道人间总不知。
尽日伤心人不见，莫愁还自有愁时。

次韵奉答怀宁邓公

1906年夏，曼殊在芜湖任教，结识了邓绳侯，两人“共晨夕者弥月”(《题画》)。随后，曼殊去了上海，邓绳侯作诗问候。直到1909年春，曼殊在“百助多情欲嫁予”之时，才以此诗作复。

怀宁邓公，即邓绳侯，名艺荪，安徽怀宁人。曼殊在皖江中学时的校监，两人尝同游南京。

相逢天女赠天书，暂住仙山莫问予。
曾遣素娥非别意，是空是色本无殊。

落　日

1909年春，曼殊将所绘的《文姬图》赠刘三。刘三即据画跋赋六言诗作答，中有“白头天山苏武，红泪洛水文姬”二句。曼殊看后，忆及五年前舟经锡兰，思念家国，欲求一振的情景；对照如今旅居东瀛，系身情网，意志消沉的状况，不由悔恨交加，于是拿出上年刘三《送曼殊之印度》的七绝来读，那热烈而诚挚的情调，再次扣动他的心弦。他怆然执笔，步刘三诗韵，写出此首以作反省。

落日沧波远岛滨，悲笳一动独伤神。
谁知北海吞毡日，不爱英雄爱美人。

题《雪莱集》

1909年春，蔡哲夫将得自侨居上海的英国女郎莲华的一本《雪莱诗集》转赠曼殊，希望他能译介给中国读者。对此曼殊十分感动，只可惜当时心情不好，难以把笔，于是就写下这首诗，以表愧意。

谁赠雪莱（原译师梨）一曲歌？可怜心事正蹉跎。
琅玕欲报从何报？梦里依稀认眼波。

题《担当山水册》

1909年8月，曼殊自日本回至上海，时到孝友里半行半隐窝访蔡哲夫、张倾城夫妇，其间蔡哲夫出示画册，曼殊应邀题此诗于其附页。

《担当山水册》——蔡哲夫得自云南的担当所绘的三幅山水画所裱成的册页。担当（1593至1673），姓唐名泰，号大来，法名普荷，云南晋宁人，是明末清初一位富有民族思想的和尚。明亡后，怨艾悲怆，寄情诗画书赋，时称“三绝”。画以山水为主，兼工人物，格调苍凉典雅。

一代遗民痛劫灰，闻师陡听笑声哀。
滇边山色俱无那，迸入苍浪泼墨来。

碧阑干

1912年6月19日，曼殊偕孙伯纯等东渡日本，在东京千驮谷租屋居住。一天，他偶然遇到一位少女，与之搭讪，而少女美妙的风姿给他留下极其深刻的印象。

碧阑干外遇婵娟，故弄云鬟不肯前。
问到年华更羞怯，背人偷指十三弦。

南楼寺怀法忍

革命屡受挫折，使曼殊心怀忧伤。但他对革命的胜利始终充满信心。诗中表示一定要经受起黑暗势力重压的考验，并以此精神与远方友人共勉。

南楼寺，指杭州西湖白云庵。

法忍——陈去病。

万物逢摇落，姮娥耐九秋。
缟衣人不见，独上寺南楼。

为玉鸾女弟绘扇

1913年春，曼殊在上海，目睹袁世凯倒行逆施，祸国殃民，而民主革命又处于低潮，心情异常忧愤，于是借绘画赋诗来抒发抑郁。

玉鸾，疑即《绛纱记》中的“马玉鸾”。据云为香山人，居英伦，究心历理至稔，治泰西文学卓尔出群，但家事、婚事均不如意，最后削发为尼。

日暮有佳人，独立潇湘浦。
疏柳尽含烟，似怜亡国苦。

彦居士席上赠歌者贾碧云

1913年，曼殊在上海，对新戏运动颇为热心。10月，他应陈彦通邀宴，席间听了贾碧云的演唱，即作此诗相赠。

彦居士，陈彦通，曼殊1908年在南京祇垣精舍的同事陈三立的第七子。

贾碧云，字翰卿，著名戏曲演员，与梅兰芳、冯春航、毛韵珂并称。曼殊赞扬他歌舞美妙，“温文尔雅”，为“今日梨园名角”（见《燕影剧谈》）。

一曲凌波去，红莲礼白莲。
江南谁得似，犹忆李龟年。

东行别仲兄

1913年12月，曼殊在上海患肠疾，遵医嘱赴日本治理。临行作此诗与潜居法租界的陈仲甫（独秀）道别。

江城如画一倾杯，乍合仍离倍可哀。
此去孤舟明月夜，排云谁与望楼台？

憩平原别邸赠玄玄

1914 年初，曼殊随革命朋友田梓琴、邵元冲等到大森、横滨等地，在羽田共浴矿泉，时值新雨初过，稚柳吐芽，梓琴吟诵“漏泄春光有柳条”之句，而曼殊面对“湖光梅影，益增惆怅。”赋成此绝句。

平原别邸，即田梓琴别墅。

玄玄，即田桐（1879 至 1930），字梓琴，湖北蕲春人，同盟会发起人之一，时因参与反袁而逃亡日本。

狂歌走马遍天涯，斗酒黄鸡处士家。
逢君别有伤心在，且看寒梅未落花。

佳　人

1914 年春，在日本获得一帧摄于千叶町莲花池中岛的日本艺伎相片。相中人身着和服，美丽端庄。曼殊看着，浮想联翩，情不自禁地在背面写上此诗。

佳人名小品，绝世已无俦。
横波翻泻泪，绿黛自生愁。
舞袖倾东海，纤腰惑九洲。
传歌如有诉，余转杂箜篌。

以诗并画留别汤国顿（二首）

一

蹈海鲁连不帝秦，
茫茫烟水着浮身。
国民孤愤英雄泪，
洒上鲛绡赠故人。

二

海天龙战血玄黄，
披发长歌览大荒。
易水萧萧人去也，
一天明月白如霜。

柬金凤兼示刘三（二首）

一

玉砌孤行夜有声，
美人泪眼尚分明。
莫愁此夕情何恨？
指点荒烟锁石城。

二

生天成佛我何能？
幽梦无凭恨不胜。
多谢刘三问消息，
尚留微命作诗僧。

调筝人将行，出绡属绘《金粉江山图》，题赠二绝

一

乍听骊歌似有情，
危弦远道客魂惊。
何以描画闲金粉？
枯木寒山满故城！

二

送卿归去海潮生，
点染生绡好赠行。
五里徘徊仍远别，
未应辛苦为调筝。

过若松町有感示仲兄（二首）

一

孤灯引梦记朦胧，
风雨邻庵夜半钟。
我再来时人已去，
涉江谁为采芙蓉？

二

契阔死生君莫问，
行云流水一孤僧。
无端狂笑无端哭，
纵有欢肠已似冰。

步元韵敬答云上人（三首）

一

诸天花雨隔红尘，
绝岛飘流一病身。
多少不平怀里事，
未应辛苦作词人。

二

旧游如梦劫前尘，
寂寞南洲负此身。
多谢素书珍重意，
怜侬憔悴不如人！

三

公子才华迥绝尘，
海天寥阔寄闲身。
春来梦到三山未，
手摘红樱拜美人。

东居（十九首）

一

却下珠帘故故羞，
浪持银蜡照梳头。
玉阶人静情难诉，
悄向星河觅女牛。

二

流萤明灭夜悠悠，
素女婵娟不耐秋。
相逢莫问人间事，
故国伤心只泪流。

三

罗襦换罢下西楼，
豆蔻香温语不休。
说到年华更羞怯，
水晶帘下学箜篌。

四

翡翠流苏白玉钩，
夜凉如水待牵牛。
知否去年人去后，
枕函红泪至今流。

五

异国名香莫浪偷，
窥帘一笑意偏幽。
明珠欲赠还惆怅，
来岁双星怕引愁。

六

碧阑干外夜沉沉，
斜倚云屏烛影深。
看取红酥浑欲滴，
凤文双结是同心。

七

秋千院落月如钩，
为爱花阴懒上楼。
露湿红蕖波底袜，
自拈罗带淡蛾羞。

八

折得黄花赠阿娇，
暗抬星眼谢王乔。
轻车肥犊金铃响，
深院何人弄碧箫？

九

碧沼红莲水自流，
涉江同上木兰舟。
可怜十五盈盈女，
不信卢家有莫愁。

十

灯飘珠箔玉筝秋，
几曲回阑水上楼。
猛忆定庵哀怨句：
“三生花草梦苏州”。

十一

人间天上结离忧，
翠袖红妆独倚楼。
凄绝蜀杨丝万缕，
替人惜别亦生愁。

十二

六幅潇湘曳画裙，
灯前兰麝自氤氲。
扁舟容与知无计，
兵火头陀泪满樽。

十三

银烛金杯映绿纱，
空持倾国对流霞。
酡颜欲语娇无力，
云髻新簪白玉花。

十四

蝉翼轻纱束细腰，
远山眉黛不能描。
谁知词客蓬山里，
烟雨按台梦六朝。

十五

胭脂湖畔紫骝骄，
流水栖鸦认小桥。
为向芭蕉问消息，
朝朝红泪欲成潮。

十六

珍重嫦娥白玉姿，
人天携手两无期。
遗珠有恨终归海，
睹物思人更可悲。

十七

谁怜一阕断肠词，
摇落秋怀只自知。
况是异乡兼日暮，
疏钟红叶坠相思。

十八

槭槭秋林红雨时，
天涯飘泊欲何之？
空山流水无人迹，
何处蛾眉有怨词？

十九

兰蕙芬芳总负伊，
并肩携手纳凉时。
旧厢风月重相忆，
十指纤纤擘荔枝。

海上（八首）

一

绿窗新柳玉台旁，
臂上犹闻菽乳香。
毕竟美人知爱国，
自将银管学南唐。

二

软红帘动月轮西，
冰作阑干玉作梯。
寄语麻姑要珍重，
凤楼迢递燕应迷。

三

水晶帘卷一灯昏，
寂对河山叩国魂。
只是银莺羞不语，
恐防重惹旧啼痕。

四

空言少据定难猜，
欲把明珠寄上才。
闻道别来餐事减，
晚妆犹待小鬟催。

五

绮陌春寒压马嘶，
落红狼藉印苔泥。
庄辞珍贶无由报，
此别愁眉又复低。

六

棠梨无限忆秋千，
杨柳腰肢最可怜。
纵使有情还有泪，
漫从人海说人天。

七

罗幕香残欲暮天，
四山风雨总缠绵。
分明化石心难定，
多谢云娘十幅笺。

八

星戴环佩月戴珰，
一夜秋寒掩洞房。
莫道横塘秋露冷，
残荷犹自盖鸳鸯。

失题（二首）

一

禅心一任蛾眉妒，
佛说原来怨是亲。
雨笠烟蓑归去也，
与人无爱亦无嗔。

二

斜插莲蓬美且鬈，
曾教粉指印青编。
此后不知魂与梦，
涉江同泛采莲船。

吴门（十一首）

一

江南花草尽愁根，
惹得吴娃笑语频。
独有伤心驴背客，
暮烟疏雨过阊门。

二

碧海云峰百万重，
中原何处托孤踪？
春泥细雨吴趋地，
又听寒山夜半钟。

三

月华如水浸瑶阶，
环佩声声扰梦怀。
记得吴王宫里事，
春风一夜百花开。

四

姑苏台畔夕阳斜，
宝马金鞍翡翠车。
一自美人和泪去，
河山终古是天涯！

五

万户千门尽劫灰，
吴姬含笑踏青来。
今日已无天下色，
莫牵麋鹿上苏台！

六

水驿山城尽可哀，
梦中衰草凤凰台。
春色总怜歌舞地，
万花缭乱为谁开？

七

年华风柳共飘萧，
酒醒天涯问六朝。
猛忆玉人明月下，
悄无人处学吹箫。

八

万树垂杨任好风，
斑骓西向水田东。
莫道碧桃花独艳，
淀山湖外夕阳红。

九

平原落日马萧萧，
剩有山僧赋《大招》。
最是令人凄绝处，
垂虹亭外柳波桥。

十

碧城烟树小彤楼，
杨柳东风系客舟。
故国已随春日尽，
鹧鸪声急使人愁。

十一

白水青山未尽思，
人间天上两霏微。
轻风细雨红泥寺，
不见僧归见燕归。

◎

散文

苏曼殊

文学精品选

《潮音》跋

曼殊阇黎，始名宗之助，自幼失怙，多病寡言，依太夫人河合氏生长江户。四岁，伏地绘狮子频伸状，栩栩欲活。喜效奈良时裹头法师装。一日，有相士过门，见之，抚其肉髻，叹曰："是儿高抗，当逃禅，否则非寿征也。"五岁，别太夫人，随远亲西行支那，经商南海，易名苏三郎，又号子谷，始学粤语。稍长，不事生产，奢豪爱客，肝胆照人。而遭逢身世有难言之恫。年十二，从慧龙寺住持赞初大师披剃于广州长寿寺，法名博经。由是经行侍师惟谨，威仪严肃，器钵无声。旋入博罗，坐关三月，诣雷峰海云寺，具足三坛大戒，嗣受曹洞衣钵，任知藏于南楼古刹。四山长老极器重之，咸叹曰："如大德者，复何人也！"无何，以师命归广州。时长寿寺被新学暴徒毁为圩市，法器无存。阇黎乘欧舶渡日本，奉太夫人居神奈川。太夫人令学泰西美术于上野二年，学政治于早稻田三年，一无所成。清使汪大燮以使馆公费助之学陆军八阅月，卒不屑。从此孑身傲游，足迹遍亚洲，以是羸疾几殆。太夫人忧之，药师屡劝静养，而阇黎马背郎当，经钵飘零如故。

尝从西班牙庄湘处士治欧洲词学。庄公欲以第五女公子雪鸿妻之，阇黎垂泪曰："吾证法身久，辱命奈何？"庄公为整资装，遂之扶南，随乔悉摩长老究心梵章二年，归入灵隐山，著《梵文典》八卷，盖仿《波弥尼八部书》。余杭章枚叔、仪征刘申叔，及印度逻罕学士序而行之。

阇黎绘事精妙奇特，太息苦瓜和尚去后，衣钵尘土，自创新宗，不傍前人门户。零缣断楮，非食烟火人所能及。顾不肯多作，中原名士，不知之也。

初，驻锡沪上，为《国民日日报》翻译。后赴苏州任吴中公学义务教授。继渡湘水，登衡岳以吊三闾大夫。复先后应聘长沙实业学堂、蒙正学堂、明德学堂、经正学堂、安徽公学、芜湖皖江中学、金陵陆军小学、日本西京学社、淑德画院、南海波罗寺、盘谷青年学会、锡兰菩提寺、噶㖞中华会馆诸处，振铃执鞭，慈悲慷慨，诏诸生以勇猛奋迅，大雄无畏，澄清天下。故其弟子多奇节孤标之士。

前岁，池州杨仁山居士接印度摩诃菩提会昙磨波罗书，欲遣青年僧侣西来汉土，学瑜伽、禅那二宗，并属选诸山大德，巡礼五天，踵事译述，居士遂偕诗人陈伯严创办禾氏垣精舍于建业城中，以为根本。函招阇黎，并招李晓暾为教师，居士自任讲经。十方宗仰，极南北之盛。阇黎尽瘁三月，竟犯唾血，东归随太夫人居逗子樱山。循陔之余，惟好啸傲山林。一时夜月照积雪，泛舟中禅寺湖，歌拜伦《哀希腊》之篇。歌已哭，哭复歌，抗音与湖水相应。舟子惶然，疑其为精神病作也。后为梵学会译师，交游婆罗门忧国之士，捐其所有旧藏梵本，与桂伯华、陈仲甫、章枚叔诸居士议建"梵文书藏"，人无应者，卒未成。

阇黎杂著亦多，如《沙昆多逻》、《文学因缘》、《岭海幽光录》、《娑罗海滨遁迹记》、《燕子龛随笔》、《断鸿零雁记》、《泰西群芳名义集》、《法显〈佛国记〉、惠生〈使西域记〉地名今释及旅程图》，俱绝作也，又将《燕子笺》译为英吉利文，甫脱稿，雪鸿大家携之玛德利，谋刊行于欧土。

阇黎振锡南巡，流转星霜，虽餐啖无禁，亦犹志公之茹鱼脍，六祖之在猎群耳。

余与阇黎为远亲，犹念儿时偕阇黎随其王父忠郎弄艇投竿于溪崖海角，或肥马轻裘与共。曾几何时，其王父已悲夙草。弹指阇黎年二十有八，而余综观世态，万绪悲凉，权洞上正宗监院之职，亦将十载。今夏安居松岛，手写阇黎旧著《潮音》一卷，将英译陈元孝《崖山题奇石壁》，澹归和尚《贻吴梅村诗》，杜牧《秦淮夜泊》，陆放翁《细雨骑驴入剑门》绝句，及汉译雪莱《含羞草》数章删去，复次加《拜伦年表》于末，系英吉利诗人佛子为阇黎参订者。今与莲华寺主重印流通，仍曰《潮音》。圣哉，响振千古，不啻马鸣菩萨《赖吒婆罗》。当愿恒河沙界，一切有情，同圆种智。会阇黎新自梵土归来，诣其王父墓所，道过山斋，握手唏嘘，泪随声下。爰出是篇，乞阇黎重证数言。阇黎曰：“余离绝语言文字久矣，当入邓尉力行正照，吾子其毋饶舌。”阇黎心量廓然而不可夺也。古德云：“丈夫自有冲天气，不向他人行处行。”阇黎当之，端为不愧。

学人飞锡拜跋于金阁寺

《文学因缘》自序

先是在香江读 Candlin 师所译《葬花诗》，词气凑泊，语无增减。若法译《离骚经》、《琵琶行》诸篇，雅丽远逊原作。

夫文章构造，各自含英，有如吾粤木绵、素馨，迁地弗为良。况歌诗之美，在乎节族长短之间，虑非译意所能尽也。

衲谓文词简丽相俱者，莫若梵文，汉文次之，欧洲番书，瞠乎后矣！汉译经文，若《输卢迦》，均自然缀合，无失彼此。盖梵、汉字体，俱甚茂密，而梵文“八转”、“十罗”，微妙傀琦，斯梵章所以为天书也。今吾汉土末世昌披，文事驰沦久矣，大汉天声，其真绝耶？

比随慈母至逗子海滨，山谷幽寂，时见残英辞树。偶录是编，闽江诸友，愿为之刊行，得毋灵府有难尘泊者哉？

曩见 James Legge 博士译述《诗经》全部，其《静女》、《雄雉》、《汉广》数篇，与“Middle Kingdom”所载不同，《谷风》、《鹊巢》两篇，又与 Francis Davis 所译少异。今各录数篇，以证同异。伯夷、叔齐《采薇歌》、《懿氏谣》、《击壤歌》、《饭牛歌》，百里奚妻《琴歌》，箕子《麦秀歌》、《箜篌引》、《宋城者讴》，古诗《行行重行行》，及杜诗《春望》等，亦系 Legge

所译。李白《春日醉起言志》、《子夜吴歌》，杜甫《佳人行》，班固《怨歌行》，王昌龄《闺怨》，张籍《节妇吟》，文文山《正气歌》等，系 Giles 所译。《采茶词》亦见 Williams 所著“The Middle Kingdom”，系 Mercer 学士所译。其余散见群籍，都无传译者名。尚有《山中问答》、《玉阶怨》、《赠汪伦》数首，今俱不复记忆。

畏友仲子尝论“不知心恨谁”句，英译微嫌薄弱。衲谓第以此土人译作英语，恐弥不逮。是犹倭人之汉译，其蹇涩殊出意表也。又如“长安一片月”，尤属难译，今英译亦略得意趣。友人君武译拜伦《哀希腊》诗，亦宛转不离原意，惟稍逊《新小说》所载二章，盖稍失粗豪耳。顾欧人译李白诗不可多得，犹此土之于 Byron 也。其《留别雅典女郎》四章，则故友译自《Byron 集》中。沙恭达罗（Sakoontala）者，印度先圣毗舍密多罗（Viswamitra）女，庄艳绝伦。后此诗圣迦梨陀娑（Kalidasa）作“Sakoontala”剧曲，纪无能胜王（Dusyanta）与沙恭达罗慕恋事，百灵光怪。千七百八十九年，William Jones（威林，留印度十二年，欧人习梵文之先登者）始译以英文。传至德，Goethe 见之，惊叹难为譬说，遂为之颂，则《沙恭达纶》一章是也。Eastwick 译为英文，衲重移译，感慨系之。印度为哲学文物源渊，俯视希腊，诚后进耳。其《摩诃婆罗多》（“Mahabrata”）、《罗摩衍那》（“Ramayana”）二章，衲谓中土名著，虽《孔雀东南飞》、《北征》、《南山》诸什，亦逊彼闳美。而今极目五天，荒丘残照，忆昔舟经锡兰，凭吊断塔颓垣，凄然泪下。有“恒河落日千山碧，王舍号风万木烟”句，不亦重可哀耶！

曼殊

燕影剧谈

余羁沪向不观新剧。间尝被校书辈强余赴肇明观《拿破仑》一出。节凑支离，茫无神彩。新剧不昌，亦宜然矣。前数年东京留学者创春柳社，以提倡新剧自命，曾演《黑奴吁天录》、《茶花女遗事》、《新蝶梦》、《血蓑衣》、《生相怜》诸剧，都属幼稚，无甚可观，兼时作粗劣语句，盖多浮躁少年羼入耳。今海上梨园所排新戏，俱漫衍成篇；间有动人之处，亦断章取义而已，于世道人心何补毫末？约翰书院某君为余言："青年会有精通英吉利语数君，近亦略习莎士比亚（原译沙士比尔）剧曲，将于此土演而行之。"余曰："亦诚善哉！第不知数君将以原文演唱，抑译而出之耶？二者都非其时也。何则？一以国人未尝涉猎域外文学风化；二无善知识，如日本坪内雄藏耳——坪内生平究心莎氏之学，且优于文事者也。燕影肄业早稻田，为燕影教授，又尝观其亲演《丹麦国皇子咸烈德》一出于帝国剧场——此为莎氏悲剧，畏庐居士所译《吟边燕语·鬼诏》一则，其梗概也。夫以博学多情如坪内尚不能如松雪画马，得其神骏，遑论浅尝者哉？若谓如欧、美士人建设莎氏学会，专攻其业，燕影有厚望焉！"沪上闻改良新剧之声久矣，然其所谓社会教育者，果安在耶？迹彼心情，毋亦以布景胡装，兼浅学诸生抄自东籍诸新名辞，为改良耳。于导世诱民之本旨何与焉？世道衰微，余实为叹！

曩者，友人言新民社剧颇能感人，余昨夕病稍脱体，姑往观之。趣剧名《弃旧怜新》，尚多牵强之处。正剧名《张诚》，亦能描摹社会情态。黄小雅去张诚，声容并茂，出其孝悌之心，所以惩天下之为人继母者。此剧悲欢离合，正近情理，能令人喜怒哀乐。以新民社诸君俱有愍人之至意，相彼昧者，其有昭乎！闻有《恶家庭》一剧，为乐风君杰作，余病未能往观。普愿沪上善男善女，莫以新剧尽不合时宜而忽之可耳。燕影自惜贫如潦水之蛙，不能缔造一新剧院于沪渎也！欧、美剧曲，多出自诗人之手；吾国风人，则仅能为歌者一人标榜，大有甘隶妆台之意。此今日梨园名角贾碧云、梅兰芳、冯春航、毛韵珂之所以得党魁之目也！

燕影亦尝于彦通席上，为诗以赠碧云，有“江南谁得似，犹忆李龟年”之句。余以碧云温文尔雅，故云，非如小凤之以梅郎为天仙化人。谁料旬日之间，友人咸称我为“贾党”，亦奇矣！文人好事，自古已然，若夫强作知音，周郎自命；及增缘导欲之事，其智反在梅、贾、冯、毛之下矣！

《曼殊画谱》序

1907年夏，何震拟将曼殊的画稿辑印成册，曼殊对此甚表赞同，于是应邀撰写此序，申述自己对中国历代绘画的观点。但此画册并未见出版，画稿多散载在《天义》、《民报》、《文学因缘》等报刊上。

昔人谓山水画自唐始变，盖有两宗，李思训、王维是也（后称王维画法为“南宗”，李思训画法为“北宗”）。又分勾勒、皴擦二法：“勾勒”用笔，腕力提起，从正锋笔嘴跳力，笔笔见骨，其性主刚，故笔多折断，此归“北派”；“皴擦”用笔，腕力沉坠，用惹侧笔身拖力，笔笔有筋，其性主柔，故笔多长韧，此归“南派”。

李之传为宋王诜、郭熙、张择端、赵伯驹、伯马肃，及李唐、刘松年、马远、夏圭，皆属李派；王之传为荆浩、关同（一名种，又作童，《宣和画谱》作仝）、李成、李公麟、范宽、董元（一作源）、巨然，及燕肃、赵令穰、元四大家，皆属王派。李派板细乏士气，正派虚和萧散，此又惠能之禅，非神秀所及也。至郑虔、卢鸿一、张志和、郭忠恕、大小米、马和之、高克恭、倪瓒辈，又如不食烟火人，另具一骨相者。及至今人，多忽略于形象，故画焉而不解为何物，或专事临摹，苟且自安，而诩诩自矜者有焉。明李流芳曰："余画无师承，又不喜规摹古人，虽或仿之，然求其似，了不可得。"夫学古人者，固非求其似之谓也。子久、仲圭学董巨，元镇学荆、关，彦敬学二米，亦成其为元镇、子久、仲圭、彦敬而已，何必如今之临摹古人者哉？

衲三至扶桑，一省慈母。山河秀丽，寂相盈眸。尔时何震搜衲画，将付梨枣。顾衲经钵飘零，尘劳行脚，所绘十不一存，但此残山水若干帧，属衲序之。嗟夫！汉画之衰久矣！今何子留意于斯，迹彼心情，别有怀抱。然而亡国留痕，夫孰过而问者？

佛灭度后二千三百八十三年粤东慧龙寺曼殊

《梵文典》启事

《〈初步梵文典〉启事》发出后，曼殊为扩大影响，即在原稿的基础上将文句简化，加进新收到的陈独秀题诗一项，并与本启事同刊于《天义》第6卷的《〈梵文典〉自序》的书名衔接，而采用本题。

《梵文典》八卷，粤东慧龙寺曼殊大师撰述。条理彰明，得未曾有。今将首卷开印，余俟续刊。一切有情，同圆种智，持此功德，迴向华严。首卷目次，具列如左：

印度法学士波逻罕居士题辞

余杭章炳麟居士题辞

余杭章炳麟居士序

仪征刘光汉居士序

仪征何震女士题偈

熙州仲子居士题诗

自序

例言

决择分

字母（十三种）

字母汉音罗马音表

诸经释字母品

摩多

别体摩多

空点涅槃点

体文

别体摩多附合法

求那毗利地及半母音法

五声类别表

母音连声法

子音连声法

数字

联合子音字表

梵文法表

卷第一附录

《心经》原文——汉文直译。马格斯摩勒（F.M.M.）英译。奘公旧译。

《那罗王谭》——印度二大叙事诗《摩诃波罗多》篇中最美妙之章。

儆告十方佛弟子启

自迦叶腾东流像法，迄今千八百年。由汉至唐，风流乡盛；两宋以降，转益衰微。今日乃有毁坏招提改建学堂之事。窃闻海内白衣长者，提倡僧学，略有数人。以此抵制宰官，宁非利器！然犹有未慊者，法门败坏，不在外缘而在内因。今兹戒律清严、禅观坚定者，诚有其人。而皆僻处茅庵，不遑僧次。自余兰若，惟有金山、高旻、宝华、归元，人无异议。其他刹土，率与城市相连，一近俗居，染污便起。或有裸居茶肆，拈赌骨牌，聚观优戏，钩牵母邑。碎杂小寺，时闻其风。丛林轨范虽存，已多弛缓。不事奢摩静虑，而惟终日安居；不闻说法讲经，而务为人礼忏。嘱累正法，则专计资财（此弊广东最甚。其余虽少，亦不求行证，惟取长于世法而已）。争取缕衣，则横生矛戟。驰情于供养，役形于利衰。为人轻贱，亦已宜矣。复有趋逐炎凉，情钟势耀。诡云护法，须赖人王。相彼染心，实为利己。既无益于正教，而适为人鄙夷。此之殃咎，实由自取。详夫礼忏之法，虽起佛门，要为广说四谛八正道等，令自开悟。岂须广建坛场，聚徒讽诵？

昔迦王虐杀安息国人，自知灭后当堕地狱。马鸣菩萨，以八地圣僧为之礼忏；但得罪障微薄，尚隳龙身，岂况六通未具，四禅犹缺；唐持梵呗，何补秋毫？此方志公智者，虽作忏仪，本是菩萨化身，能以圆音利物。若在凡僧，何益之有？云栖广作忏法，蔓延至今。徒误正修，以资利养。流毒沙门，其祸至烈。至于禅宗，本无忏法。而今亦相率崇效，非宜深戒者乎！应赴之说，古未之闻。昔白起为秦将，坑长平降卒四十万，死入地狱。至梁武帝时，致梦于帝，乞所以救拔之方。帝觉，求诸志公。公曰："闻《大藏》中有《水陆仪文》一卷，若得之，如法行持，可以济拔。"于是集天下高僧，建水陆道场七昼夜，凡一切善法所应行者悉行之。一时名僧咸赴其请，应赴之法自此始。昔佛在世时，为法施生，以法教化众生。人间天上，莫不以五时八教次第调停而成熟之。诸弟子亦各分化一方，恢弘其道。迨佛灭度后，阿难等结集三藏流通法宝。至汉明帝时，佛法始入震旦。唐宋以后，渐入浇漓。取为衣食之资，将作贩卖之具。嗟夫！异哉！自既未度，焉能度人？譬如从井救人，二俱陷溺。且施者，与而不取之谓。

今我以法与人，人以财与我，是谓贸易，云何称施？况本无法与人，徒资口给耶？纵有虔诚之功，不赎贪求之过。若复苟且将事，以希利养，是谓盗施主物，又谓之负债用；律有明文、呵责非细。不坐铁床、饮洋铜者，无有是处。付法藏者，本以僧众宏多，须入纲纪。在昔双林示灭，迦叶犹在叶波过七日已，乃闻音耗，自念如来曾以袈裟衲衣施我，圣利满足，与佛无异，当护正法（《善见律毗婆沙》第一）。此岂明有付法之文？正以耆年有德，众望所归故也。此土天台一宗，自谓直接龙树。而授受相隔，事异亲依。禅宗虽有传灯，然自六祖灭后，已无转付衣钵之事。若计内证，则得法者或如竹林竿蔗，岂必局在一人？若计俗情，则衣钵所留，争端即起，悬丝示戒，著在禅书。然则法藏所归，宜令学徒公选。必若闻修有缺，未妨兼请他僧（惟不可令宰官居士与闻选事，以所选必深于世法者故）。何取密示传承，致生诤讼，营求嗣法，不护讥嫌？若尔者，与俗士应举求官何异？而得称为上人哉！王者护法之事，虽起古初，印度四姓有分，婆罗门夙为贵种，主持宗教，尊为王家。刹利种人，宜多愤嫉。佛以净饭王子，为天人师。帝王归命，本以同气相求，自然翕合。即实而言，为仁由己；出其言善，则千里应之。岂待王者归依，方能弘法？此土传法之初，诚资世主；终由士民崇信，方得流行。唐时虽重羽流，而瞿昙之尊，卒逾老子。三武虽尝灭法，而奕世之后，事得再兴。吾宗苟有龙象，彼帝王焉能为损益哉？顷者，日本僧徒，咸指板垣退助（日本勋臣，创议废佛法也者），以为佛敌，其实百万哑羊，娶妻食肉，深著世法，隳废律仪。纵无板垣，彼僧自当为人轻蔑。不自克责，于人何尤！吾土诸德，犹有戒香。不务勇猛精进，以弘正法，而欲攀援显贵，藉为屏墙，何其左矣？

夫世尊制法，“王”、“贼”并称。周武帝初年信佛，道安说法，令帝席地听之，与设食会餐，帝自辞曰：“法师不宜与贼臣同席。”即敕将去（见宣律师《续高僧传》)。此则“王”、“贼”同言，末世犹知其义。至于法门拜俗，礼所宜绝。远公已来，持之久矣。宋世始有称臣之法，清代遂隆拜帝之仪。斯皆僧众自污，非他能强。及至今日，宰官当前，跪拜惟谨，檀施在目，归命为依。乃至刊《同戒录》者，有戒元、戒魁等名。依附俗科，尤可鄙笑。夫儒俗逸民，尚有不臣天子；白莲邪教，且能睥睨贵游。何意圣教衰微，反出二流之下！近世基督教救世军有布斯者，自称法将，随俗利人，虽小善未圆，而众望斯集。一谒英皇，遂招物议。以彼人天小教，犹当清净自持。岂有无上正觉之宗，而可枉自卑屈？且法之兴废，视乎人材。枉法求存，虽存犹灭。仁者弘教，当视势利如火坑矣。然则佛门戒范，虽有多途，今者对治之方，宜断三事：一者礼忏，二者付法，三者趋炎。第一断者，无贩法名；第二断者，无诤讼名；第三断者，无猥鄙名。能行斯义，庶我薄伽梵教，无泯将来。若欲绍隆佛法，则有自利、利他二门要之悉以义解为本。欲得义解，必持经论。今者缩版《藏经》，现在日本（全藏只须一百七十余元）。寺置一函，其费无几（今人多喜往柏林寺奏请《龙藏》，较其所费三十倍于缩版《藏经》。王家赐藏，无过尘世虚荣，何益佛事？若欲藉为护符，求免封闭，亦不可得。日本缩版印行已二十年，而购求者殊少，固知其意在彼不在此也。思之真堪堕泪）。金陵扬州亦有流通印本，取携既易，为益弘多。念诸大德，固应计度及此。然以近世度僧，既太率易，有未知文字而具授菩萨戒者（此不得以六祖藉口）。是故建立僧学，事为至急。详邬波柁耶之名（译义为亲教师），亦以泛唤“博士”，西方或云“乌社”，此土遂有“和上”之名（见《南海寄归传》三）。是和上者，本以教授经论为事。《慈恩传》述那烂陀寺诸僧，以通经多寡为高下。此则建置精舍，本为学人讲诵之区，若专求止观者，冢间林下，亦得自如，即不烦设寺矣。乃若保持琳宫，坐资寺产，逸居无教，等于惰民。如成都昭觉寺僧，资财百万，厚自营生，卒为宰官掊收。此之执吝，欲何为耶？

尔来东南各寺宇，间设学堂。是宜遍及神州以合立寺文义，然助成其事者，多在士人。或乃随逐时趋，不求实用。向闻杭州僧学，乃教英文。夫沙门入校，趣于解经。欲解经者，即须先习汉文为本。晋、唐翻经诸师，多通字学，至今《一切经音义》、《止观辅行传》诸书，尚为儒人所宝，经文典则（远过欧、曾、王、苏之文），非先审儒书文义，未易深通。唐以前书，是宜观览，宋以后书，除理学外，无庸涉猎。亦如印度诸僧，必晓吠陀之学。俗人干禄，可以不识汉文。沙门解经，岂得昧于句义？如欲兼明异语，正可讲及梵书，何须遽习英文，虚捐岁月？往者悉昙章义，略记音声。非独“八转”（八转声即八格）、“十罗”（十伽罗声即十时），绝无解说。名词物号，亦不一存。此但持咒之资，无以了知文义。然则名身句身，必应穷了。念昔奘公未出以前，罗什诸师，译语或多影略。是须明习梵文，校其元本。又大、小乘经论，此方所未译者，其籍犹多（据费长房、宣律师所述：菩提留支持来梵经凡万余卷，真谛三藏所携，若尽译出，可得二万余卷。今计全藏所有，并省复重，视梵土才五分之一耳）。今印度佛学虽微，犹有中土所未译者。如能翻录，顾不快耶？又况六师外道此方所译，惟胜论有《十句义》，数论有《金七十论》，自余诸哲，竟无完书。六师义谛闳深，远在老、庄之上。一遭佛日，爝火失明。不读六师之书，宁知佛教所以高远！且波稃尼仙所陈，乃为字学。尼夜耶宗所说，即是因明。佛家既录其长，岂容芒昧？前者《优波尼沙陀书》，罗甸已尝译录。顾于中土，反缺斯篇，是亦宜为甄述者矣。日本学梵文者，多就英都，直由心失均平，重欧洲而轻印度。若求谛实，何如高蹈五天？径从受学，纵其未暇，亦可礼致明师，来相讲授（印度佛法虽微，而吠檀多教尚盛，其师皆明习梵文。今官立学校，岁费三四千金，以求欧洲教授，尚不能得其佳者。若印度梵师，专授声明、因明之术，求则得之。集合数寺，不忧无资延请也）。此与学习英文，孰缓孰急，断可识矣。欧洲哲学，习内典者，亦所应知。然比于梵书，犹为当后。然诠慧学，又在德国诸师，无取英人肤浅语也。综此数事，今所急者，惟在汉文；次所急者，斯为梵语；后非急者，乃是欧书。愿诸大德，以大雄无畏之心，倡坚实不浮之学。解经以后，以此自利，则止观易以修持；以此利他，则说法不遭堕负。佛日再晖，庶几可望。又今南土沙门，多游日本，日本诸师亦欲于支那传教。俗士无知，谓宜取则，详东僧分明经教，实视汉土为优。至于修习禅那，远有不逮。置短取长，未妨互助。若其恣啖有情，喜触不净；家有难陀之天女，人尝帝释之鸽羹，既犯僧残，即难共处。而说者以为时代不同，戒律即难遵守。大乘佛教，事在恢弘。不应牵制律文，介然独善。去岁有月霞禅师自金陵来，即遇多人劝其蓄内，禅师笑而置之。夫毗尼细节，岂特今古有殊，亦乃东西互异。四分十诵，科条繁密，非专习戒律者，容有周疏。若彼大端，无容出入。佛制小乘食三净肉，大乘则一切禁断。至夫室家亲昵，大小俱遮。若犯此者，即与俗人不异。出家菩萨，临机权化，他戒许开。独于色欲有禁，当为声闻示仪范故。而云大乘恢弘，何其谬妄！且蔬笋常餐，非难入咽，兼饮乳酪，何损卫生。阴阳交会，复非存生所急。稍习骨观，其欲自净。岂为居必桧巢，食非火化，而云古今有异哉？必也情念炽然，亦可自署居士，何乃妄号比丘，破坏佛法？日餐血肉而说慈悲，不断淫根而言清净。螺音狗行，无过此矣。况其诳语利人，终无实用。徒有附会豪家，佞谀权势。外取兼济之名，内怀贪忍之实；纵有小善，非市估所能为。何待缁流，曲为挹注？以此显扬佛法，只令门风堕地，此迹倡优而已。然情欲奔驰，易如流瀑，波旬既现，易引垢心。年少学人，血气未定，摩登诱惑，谁能坚往？窃谓自今以后，宜定年过三十者，方许受具足戒，则魔说或当少止乎？某等闻熏未周，方便尚缺。悲正法之将灭，惧邪见之堕人。陈此区区，无补毫末。亦谓应时便用，切要在兹，若十方大德，恕其狂愚，加以采录，挽回末法，或在斯言。若其不尔，便恐智日永沉，佛光乍灭。虽有千百法琳，恒沙智实，亦无能为役矣。

佛灭度后二千三百八十四年

广州比丘曼殊、杭州邬波索迦末底同白

《梵文典》自序

如是我闻：

此梵字者，亘三世而常恒，遍十方以平等。学之书之，定得常住之佛智；观之诵之，必证不坏之法身。诸教之根本，诸字之父母，其在斯乎？夫欧洲通行文字，皆源于拉丁，拉丁源于希腊。由此上溯，实本梵文。他日考古文学，唯有梵文、汉文二种耳，余无足道也。顾汉土梵文作法，久无专书。其现存《龙藏》者，唯唐智广所选《悉昙字记》一卷，然音韵既多龃龉，至于文法，一切未详。此但持咒之资。无以了知文义。

衲早岁出家，即尝有志于此。继游暹罗，逢鞠悉磨长老，长老意思深远，殷殷以梵学相勉。衲拜受长老之旨，于今三年。只以行脚劳劳，机缘未至。嗣见西人撰述《梵文典》条例彰明。与慈恩所述“八转”、“六释”等法，默相符会。正在究心，适南方人来说，鞠悉磨长老已圆寂矣！尔时，衲唯有望西三拜而已。今衲敬成鞠悉磨长老之志而作此书。非谓佛刹圆音，尽于斯著，然沟通华、梵当自此始。但愿法界有情，同圆种智。抑今者佛教大开光明之运，已萌于隐约间，十方大德，必有具备迅勇猛大雄无畏相者。词无碍解，当有其人。他日圆音一演，成金色佛遍满娑婆即婆。虽慧根微弱，冀愿力庄严，随诸公后。若夫忘言忘思，筌蹄俱废，奚以是为？然能尔也。

岭南慧龙寺僧博经书于西湖灵隐山

《秋瑾遗诗》序

1907年7月14日，秋瑾在浙江绍兴英勇就义。她逃亡在日本的朋友为纪念这位同盟会和光复会的领袖，计划集资编印她的诗集，以表示对清朝政府的强烈抗议。曼殊与秋瑾曾于1906年共同战斗过。此时他慨然应约撰写此序，含蓄地表达内心的愤怒和对革命的展望。

《秋瑾遗诗》出版时题名《秋女士诗集》，王芷馥编，1907年底石印出版。

死即是生，生即是死。

秋瑾以女子身，能为四生请命，近日一大公案。秋谨素性，余莫之审。前此偶见其诗，尝谓女子多风月之作，而不知斯人本相也。秋瑾死，其里人章炳麟序其遗诗，举袁公越女事。嗟夫！亡国多才，自古已然！余幼诵明季女子《绝命诗》云：

影照江干不暇悲，永辞鸾镜敛双眉。

朱门曾识谐秦晋，死后相逢总未知。

征帆已说过双姑，掩泪声声泣夜乌。
葬入江鱼波底没，不留青冢在单于。

少小伶仃画阁时，诗书曾拜母兄师。
涛声夜夜催何急，犹记挑灯读《楚辞》。

生来弱质未簪笄，身没狂澜叹不齐。
河伯有灵怜薄命，东流直绕洞庭西。

当年闺阁惜如金，何事牵裾逐水滨？
寄语双亲休眷恋，入江犹是女儿身！

遮身只是旧罗衣，梦到湘江恐未归。
冥冥风涛又谁伴，声声遥祝两灵妃。

厌听行间带笑歌，几回肠断已无多！
青鸾有意随王母，空费人间设网罗。

国史当年强记亲，杀身自古以成仁。
簪缨虽愧奇男子，犹胜王朝供事臣。

悲愤缠绵，不忍卒读。盖被虏不屈，投身黄鹤渚而死者。善哉，善男子，善女人，谛思之，视死如归，唏嘘盛哉！

香山苏子谷扶病云尔

送邓、邵二君序

余游东岛归，遇邓孟硕、邵中子于春申江上。二君天性孝友，宽平而不忮，质净而无求——昔人所谓“术素修而志素定，不以时胜道”者。故与之游，忘日月之多也。

今孟硕就王博士之召，中子作边地之游。悱然有感于离合之数。余亦将有意大利之行。绝域停骖，胡姬酒肆。遥念二君白马骄行，山川动色。即他日以卧雪之身，归来乡国，复见二君含饴弄孙于桃花鸡犬之间，不为亡国之人，未可知也。

民国六年二月十一日

《双枰记》序

燕子山僧按：烂柯山人此着来意，实记亡友何靡施性情遭际，从头至尾，无一生砌之笔。所谓无限伤心，却不作态！而微词正义，又岂甘为何子一人造狎语邪？夫士君子惟恐修名不立，愿为婴婴婉婉者，损其天年，奚独何子？殆亦言者一往情深，劝惩垂戒焉耳！

若夫东家之子，三五之年，飘香曳裾之姿，掩袖回眸之艳。罗带银钩，绡巾红泪；帘外芭蕉之雨，陌头杨柳之烟，人生好梦，尽逐春风——是亦难言者矣。乃书记翩翩，镇翡翠以为床，拗珊瑚而作笔。宝鼎香消，写流魂于异域；月华如月，听隳叶于行宫。故宅江山，梨花云梦。燕子龛中，泪眼更谁愁似我？小笋山下，手持寒锡吊才人。欲结同心，天涯何许？不独秋风鸣鸟，闻者生哀也已！

甲寅七月七日

燕子龛随笔

一

英人诗句，以雪莱（原译师梨）最奇诡而兼流丽。尝译其《含羞草》一篇，峻洁无伦，其诗格盖合中土义山、长吉而熔冶之者。曩者英吉利莲华女士以《雪莱诗选》（原译《师梨诗选》）媵英领事佛莱蔗于海上，佛子持贶蔡八，蔡八移赠于余。太炎居士书其端曰："师梨所作诗，于西方最为妍丽，犹此土有义山也。其赠者亦女子，辗转移被，为曼殊阇黎所得。或因是悬想提维，与佛弟难陀同辙，于曼殊为祸为福，未可知也。"

二

作《寒山图》，录寒山诗曰："闲步访高僧，烟山万万层。师亲指归路，月挂一轮灯。"

三

废寺无僧，时听堕叶，参以寒虫断续之声。乃忆十四岁时，奉母村居。隔邻女郎手书丹霞诗笺，以红线系蜻蜓背上，使徐徐飞入余窗，意似怜余蹭蹬也者。诗曰："青阳启佳时，白日丽旸谷。新碧映郊坰，芳蕤缀林木；轻露养篁荣，和风送芬馥。密叶结重阴，繁华绕四屋。万汇皆专与，嗟我守茕独。故居久不归，庭草为谁绿？览物叹离群，何以慰心曲！"斯人和婉有仪，余曾于月下一握其手。

四

《世说》："南阳宗世林与曹操同时，而薄其为人，不与之交。及操作司空，总朝政，从容问宗曰：'可以交未？'答曰：'松柏之志犹存。'"香山句云："乃知择交难，须有知人明。莫将山上松，结托水上萍。"

五

谭嗣同《寥天一阁文》，奇峭幽洁。《古意》两章，有弦外音，曰："鳞鳞日照鸳鸯瓦，姑射仙人住其下。素手闲调雁柱筝，花雨空向湘弦洒。""六幅秋江曳画缯，珠帘垂地暗香凝，春风不动秋千索，独上红楼第一层。"

尝闻仁山老居士言：嗣同顶甚热，严冬亦不冠云。

六

寄刘三白门二绝句："玉砌孤行夜有声，美人泪眼尚分明。莫愁此夕情何限，指点荒烟锁石城。""生天成佛我何能，幽梦无凭恨不胜。多谢刘三问消息，尚留微命作诗僧。"

七

“山斋饭罢浑无事，满钵擎来尽落花。”此境不足为外人道矣。

八

余年十七，住虎山法云寺。小楼三楹，朝云推窗，暮雨卷帘，有泉，有茶，有笋，有芋。师傅居羊城，频遣师兄馈余糖果、糕饼甚丰。嘱余端居静摄，毋事参方。后辞师东行，五载，师傅圆寂，师兄不审行脚何方，剩余东飘西荡，匆匆八年矣。偶与燕君言之，不觉泪下。

九

“艳女皆妒色，静女独检踪。任礼耻任妆，嫁德不嫁容。君子易求聘，小人难自从。此志谁与谅？琴弦幽韵重。”此孟郊《静女吟》也。今也吾国长妇姹女，皆竞侈邪，又奚望其有反朴还淳之日哉！

一〇

昔人卖子句云：“生汝如雏凤，年荒值几钱？此行须珍重，不比阿娘边。”又女致母诗云：“挑灯含泪叠云笺，万里缄封寄可怜。为问生身亲阿母，卖儿还剩几多钱？”二诗音节哀亮，不忍卒读。昔陶渊明遣一仆与其子，兼作书诫其子曰：“此亦人子，须善遇之。”所谓“不独亲其亲，不独子其子”也。记朱九江先生绝句云：“新茶煮就手亲擎，小婢酣眠未忍惊。记否去年扶病夜，泪痕和药可怜生？”风致洒然。

一一

明末有童谣曰："职方贱如狗，都督满街走。"不图今日沪上所见，亦复如是。

一二

兵所以卫民，于此土反为民害，真不详之物也。力田《今乐府》有《梳篦谣》曰："东家抱儿窜，西家挈妇奔。贼来犹可活，兵来愁杀人！况闻府帖下，大调土司兵。此物贪且残，千里无居民。掠人持作羹，析屋持作薪。莫言少为贵，国威尝见轻，无功害尚小，有功忧更深。问谁作俑者？必有林中丞。萧条夔子国，城郭为荆榛。贼如梳，兵如篦。猡猓来，更如剃。保宁贼未除，霸州贼又炽。买马须快剑须利，从今作贼无反计。"读之令人扼腕抚膺。

一三

十二月望日行抵摩梨山，古寺黄梅，岁云暮矣。翌晨遇智周禅师于灶下，相对无言，但笑耳。师与余同受海云大戒，工近体，俱幽忆怨断之音。寺壁有迦留陀夷尊者画相。是章侯真迹。

一四

张娟娟偶于席上书绝句云："维摩居士太猖狂，天女何来散妙香！自笑神心如枯木，花枝相伴也无妨。"娟娟语余："是敬安和尚作。"余曰："和尚一时兴致之语，非学吞针罗什。"敬安和尚即寄禅，有《八指头陀集》。

一五

黄仲则“如此星辰非昨夜，为谁风露立中宵？”是想少情多人语。

泰西学子言：“西人以智性识物，东人以感情悟物。”

一六

山寺中北风甚烈，读《放翁集》，泪痕满纸，令人心恻。最爱其“衣上征尘杂酒痕，远游无处不销魂。此身合是诗人未？细雨骑驴入剑门”一绝。尝作《剑门图》悬壁间，翌日被香客窃去。

一七

十一月十七日病卧禾氏垣精舍，仁山老檀越为余言秦淮马湘兰证果事甚详。近人但优作裙带中语，而不知彼姝生天成佛也。

一八

南雷有言：“人而不甘寂寞，何事不可为”、“笼鸡有食汤刀近，野鹤无粮天地宽”二语，特为今之名士痛下针砭耳。

一九

苏格兰雪特君为余言：“欧人有礼仪之接吻（Conventional Kiss），有情爱之接吻（Emotional Kiss）。”

二〇

《旧约全书》，在纪元前四百五十八年及四百五十年间伊萨罗氏所辑，千四百八十八年意大利始刊行《希布罗经典全集》。

二一

穆罕默德（原译玛哈默德）本麦加产，少时家贫，佣于嫠妇赫蒂彻（原译开池育）家。开氏敬其为人正直无私，遂嫁之，因而得广交游。至埃及、叙利亚等地，受犹太、基督两教感化。归而隐退山中，住心观净，至四十岁始下山，自立一教曰伊斯兰（原译于思兰）。伊斯兰者，此云“随顺”。倡宇宙一神论，著《可兰经典》。

二二

春序将谢，细雨帘纤，展诵《拜伦集》（原译《裴轮集》）：“What is wealth to me？ –it may pass in an hour”，即少陵“富贵于我如浮云”句也。“Comprehended，for without transformation，Men become wolves on any slight occason”，即靖节“多谢诸少年，相知不忠厚，意气倾人命，离隔复何有”句 也。“As those who dote on odurs pluck the flowers，and place them on their breast，but place to die”，即李嘉佑“花间昔日黄鹂啭，妾向青楼已生怨，花落黄鹂不复来，妾老君心亦应变”句也。末二截词直怨深，十方同感。

二三

金堡祝发后，住吾粤丹霞寺，著有《偏行堂集》、《临清诗》等。昔余行脚至红梅驿破寺龛傍，见手抄《澹归和尚诗词》三卷，心窃爱之，想是行客暂为寄存，余不敢携去。犹记其《贻吴梅村》一律，大义凛然，想见其为人矣。诗曰：“十郡名贤请自思，座中若个是男儿？鼎湖难挽龙髯日，鸳水争持牛耳时，哭尽冬青徒有泪，歌残凝碧竟无诗。故陵麦饭谁浇取？赢得空堂酒满卮。”读此，当日名贤，可知也已。

二四

朱舜水墓，在日本茨城县久慈郡瑞龙山上。舜水没数年，有张斐者，慕舜水高义，追踪而至，为文以祭之。斐字非文，著有《莽苍园文稿》，水藩梓以行世。后太炎重为排比，始得流转中土。今日人已将《舜水全集》刊行，所谓饮水思源者也。忆舜水五古一首云：“九州如瓦解，忠信苟偷生。受诏蒙尘际，晦迹到东瀛。回天谋未就，长星夜夜明。单身寄孤岛，抱节比田横。已闻鼎命革，西望独吞声。”其当日眷怀君国之志，郁而不申，可哀也已。

二五

日人称人曰“某样”，犹“某君”也。此音本西藏语，日人不知也。

二六

相传达摩至震旦，初入南海，有士人捧《四书》进。达摩不识华文，但以鼻嗅之，旋曰：“亦诚善哉，直是非而已。”

二七

余尝托晦闻倩如居士刊石印一方，文曰：“我本将心向明月，谁知明月照沟渠。”燕君谓我结习未忘。燕君者，通州沈一梅，方正之士也，肄业美国惠斯康新大学。

二八

海园，湘南曹氏子，天赋诗才，不幸短命。十四岁工艳体，有仙气，非寿征。十九岁牧牛村外，失足溺死。余仅忆其：“滴翠满身弹竹露，落红双屐印苔泥”、“乐谱暗翻《金缕曲》，食单亲检水晶糖”数句而已。

二九

日本“尺八”，状类中土洞箫，闻传自金人。其曲有名《春雨》，阴深凄惘。余《春雨》绝句云：“春雨楼头尺八箫，何时归看浙江潮？芒鞋破钵无人识，踏过樱花第几桥？”

三〇

赵百先少有澄清天下之志，余教习江南陆军小学堂时，百先为新军第三标标统，始与相识，余叹为将才也。每次过从，必命兵士携壶购板鸭黄酒。百先豪于饮，余亦雄于食。既醉，则按剑高歌于风吹细柳之下，或相与驰骋于龙蟠虎踞之间，至乐也。别后作画，请刘三为题定庵绝句赠之曰：“绝域从军计惘然，东南幽恨满词笺。一箫一剑平生意，负尽狂名十五年。”

三一

梵语“比多”云“父”，“莽多”云“母”，“婆罗多”云“兄弟”，“先谛罗”云“石女”，“末陀”云“蒲桃酒”，“摩利迦”云“次第花”，以及东印度人呼“水”曰“鬱特”，与英吉利音义并同之语甚多。拉丁出自希腊，希腊导源于“散斯克烈多”（Sanskrit），非虚语也。

三二

刘三工诗善饮，余东居，画《文姬图》寄之。病禅为余题飞卿句云：“红泪文姬洛水春，白头苏武天山雪。”刘三以六言三章见答，其一云：“白头天山苏武，红泪洛水文姬，喜汝玉关深入，将安阒此胡儿？”其二云：“东瀛吹箫乞者，笠子压到眉梢。记得临觞呜咽，匆匆三日魂销。”其三云：“‘支那’音非‘秦’转，先见《婆罗多诗》。和尚而定国号，国无人焉可知！”又贻余绝句云：“早岁耽禅见性真，江山故宅独怆神。担经忽作图南计，白马投荒第二人。”时余有印度之行也。

三三

英吉利语与华言音义并同者甚众，康奈尔大学教授某君欲汇而成书，余亦记得数言以献，如“费”曰“Fee”,“诉”曰“Sue”,“拖”曰“Tow”,“理性”曰“Reason”,“路”曰“Road”,“时辰”曰“Season”,“丝”曰“Silk”,“爸爸”曰“Papa”,“爹爹”曰“Daddy”,“妈妈”曰“Mamma”,“簿”曰“Book”,“香”曰“Scent”,“圣”曰“Saint”,“君”曰“King”,“蜜”曰“Mead”,“麦”曰“Malt”,“芒果”曰“Mango”,“祸”曰“Woe”,“先时”曰“Since”,“皮”曰“Peel”,“鹿”曰“Roe”,“夸”曰“Quack”,“诺”曰“Nod”,“礼”曰“Rite”,“赔”曰“Pay”，而外，鸡鸣犬吠，均属谐声，无论矣。

三四

张宪《崖山行》云：“三宫衔璧国步绝，烛天炎火随风灭，间关海道续萤光，力战崖山犹一决。”余恒诵之。曩作《崖山奇石壁图》，太炎为录陈元孝诗曰："山木萧萧风更吹，两崖云雨至今悲。一声杜宇啼荒殿，十载愁人拜古祠。海水有门分上下，江山无地限华夷。停舟我亦艰难日，愧向苍苔读旧碑。"风人之旨，令人黯然。

三五

崇正末年，流寇信急，上日夜忧勤。一夕，遣内臣易服出禁，探听民间消息。遇一测字者，因举一"友"字询之。测字者问："何事？"曰："国事。"测字者曰："不佳，反贼早出头矣。"急改口曰："非此'友'字，乃'有'字。"曰："更不佳，大明已去其半矣。"又改口曰："非也，申酉之'酉'耳。"曰："愈不佳，天子为至尊，至尊已斩头截脚矣。"内臣咋舌而还。

三六

曩羁秣陵，李道人为余书泥金扇面曰："文殊师利白佛言：'世尊，何故名般若波罗蜜？'佛言'般若波罗蜜'"二十四字，并引齐经生及唐人书经事。余许道人一画，于今十载，尚未报命，以余画本无成法故耳。

三七

草堂寺维那，一日叩余曰："披剃以来，奚为多忧生之叹耶？"曰："虽今出家，以情求道，是以忧耳。"

三八

Spenserian Verse，译云："冒头短章"。古代希腊、拉丁诗家优为之，亦犹梵籍发凡之颂也。

三九

“偈”即梵音“伽陀”，又云“偈陀”，唐言“颂”，译云“孤起”。《妙玄》云：“不重颂名‘孤起’，亦曰‘讽颂’。”姚秦鸠摩罗什有《赠沙门法和十偈》，唐人多效之。

四〇

阿耨窣睹婆，或输卢迦波，天竺但数字满三十二即为一偈。号阿耨窣睹婆偈。“蕴驮南”者，此云“集施颂”，谓以少言摄集多义，施他诵持。

四一

楼子师不知何许人，亦不知其名氏，一日偶经游街市，于酒楼下整袜带次，闻楼上某校书唱曲云：“汝既无情我便休。”忽然大悟。因号“楼子”焉。

四二

余至中印度时，偕二三法侣居芒碣山寺。山中多果树，余每日摘鲜果五六十枚啖之。将及一月，私心窃喜，谓今后吾可不食人间烟火矣。惟是六日一方便，便时极苦，后得痢疾。乃知去道尚远，机缘未至耳。

四三

缅人恶俗极多，有种族号曰“浸”，居于僻野之山社。凡遇其父母年岁老者，筑台一座甚高，恭请老人登其上，而社中幼壮男女相率而歌舞于台下，老人从台上和之，至老人乐极生狂，忘其在台上歌舞，跌下身死，则以火焚葬之，谓老人得天神之召，为莫大之荣幸云。

四四

桐城方氏维仪，年十七，寡居，教其侄以智，俨如人师，君子尚其志焉。其五律一章云：“孤幼归宁养，双亲丧老年。衰容如断柳，薄命似浮烟。诗调凄霜鬓，琴心咽冻天。萧萧居旧馆，错记是从前。”想见其遭时多难也。

四五

《佛国记》：耶婆堤，即今爪哇。万历时华人至爪哇通商者已众，出入俱用元通钱，利息甚厚。而今日华侨人口已达八十余万，自生自灭，竟不识祖国在何方向。

四六

末里洞有人造石山高数十丈，千余年物耳。其中千龛万洞，洞有石佛，迂回曲折，层出无穷。细瞻所刻石像较灵隐寺飞来峰犹为精美。询之土人，云此石山系华人所造。日口惹水城为南洲奇迹，亦中土人所建。黄子肃芳约余往游，以病未果也。

四七

土人称荷兰人曰“敦”，犹言“主”也。华人亦妄效呼之，且习土人劣俗。华人土生者曰“哔哔”，来自中土者曰“新客”。

四八

梭罗为首都，其酋居焉，酋出必以夜，喜以生花缀其身，画眉傅粉，侍从甚盛，复有弓箭手。酋子性挥霍，嗜博饮，妻妾以数十，喜策肥马出行，傅粉涂脂，峨峨云髻，状若好女焉。酋之嫔妾，皆席地卧起，得幸而有孕者，始得赐以床褥。宫人每日给俸若干，使自操井臼。宫中见酋，无论男女，皆裸上体，匍匐而前，酋每一语毕，受命者必合掌礼拜，退时亦蛇行也。

四九

余巡游南洲诸岛，匆匆二岁，所闻皆非所愿闻之事，所见皆非所愿见之人。茫茫天海，渺渺余怀。太炎以素书兼其新作《秋夜》一章见寄，谓居士深于忧患；及余归至海上，居士方持节临边，意殊自得矣。

五〇

塞典堡植物园，其宏富为环球第一。有书藏，藏书二十余万，均是西籍。余以《大乘起信论》寄之。

五一

自巴厘巴板（原译巴利八版）出石叻，途次多悲感，晦闻见寄七律，温柔敦厚，可与山谷诗并读。诗云："四载离悰感索居，似君南渡又年余。未遗踪迹人间世，稍慰平安海外书。向晚梅花才数点，当头明月满前除。绝胜风景怀人地，回首江楼却不如。"后一年，余经广州，留广雅书院，一醉而去。抵日本，居士复追赠一律云："五年别去惊初见，一醉殊辜万里来。春事阴晴到寒食，故人风雨满离杯。拈花众里吾多负，取钵人间子未回。自有深深无量意，岂堪清浅说蓬莱！”居士有蒹葭楼，余作《风絮美人图》寄之。

五二

印度气候本分三季：热季，雨季，凉季。昔者文人好事，更分二阅月为一季，岁共六季：曰“伐散多”为春季，曰“佉离斯磨”为夏季，曰“缚舍”为雨季，曰“萨罗陀”为秋季，曰“诃伊漫多”为冬季，曰“嘶嘶逻”为露季。

五三

印度“Mahabrata”、“Ramayana”两篇，闳丽渊雅，为长篇叙事诗，欧洲治文学者视为鸿宝，犹“Iliad”、“Odyssey”二篇之于希腊也。此土向无译述，唯《华严疏钞》中有云：《婆罗多书》、《罗摩延书》，是其名称。二诗于欧土早有译本，《婆罗多书》以梵土哆君所译最当，英儒马格斯牟勒（Max Muller）序而行之，有见虎一文之咏。

五四

迦梨陀娑（Kalidasa，原译迦梨达舍），梵土诗圣也，英吉利骚坛推之为天竺“莎士比亚”（原译沙士比尔）。读其剧曲《沙恭达罗》（“Sakoontala”，原译《沙君达罗》），可以觇其流露矣。

五五

《沙恭达罗》(原译《沙君达罗》)，英文译本有二：一、William Jones译；一、Monier Monier-Williams 译。犹《起信论》有梁、唐二译也。

五六

《摩诃婆罗多》、《罗摩延》二篇，成于吾国商时。篇中已有“支那”国号，近人妄谓“支那”为“秦”字转音，岂其然乎！

五七

印度古代诗人好以莲花喻所欢，犹苏格兰诗人之“Red Red Rose”，余译为《袜袜赤蔷薇》五古一首，载《潮音集》。

波斯昔时才子盛以蔷薇代意中人云。

五八

“涉江采芙蓉”，“芙蓉”当译 Lotus，或曰 Water lily，非也。英人每译作 Hibiscus，成木芙蓉矣！木芙蓉梵音“钵磨波帝”，日中王夫人取此花为小名。

五九

中土莲花仅红、白二色，产印度者，金、黄、蓝、紫诸色俱备，唯粉白者昼开夜合，花瓣可餐。诸花较中土产大数倍，有异香，《经》云“芬陀利花”是已。

梵语，人间红莲花之上者曰“波昙”。

六〇

梵土古代诗人恒言：“手热证痴情中沸。”莎士比亚（原译沙士比尔）亦有句云：“Give me your hand：this hand is moist，my lady. Hot，hot，and moist.”（见“Othello，Act Ⅲ，Scene 4”）

六一

伽摩（Kama）者，印度情爱天尊，貌极端美，额上有金书，字迹不可辨。手持弓，以蔗干为之，蜜蜂联比而成弦。又持五矢，矢尖饰以同心花，谓得从五觉贯入心坎。腰间系囊二，用麻布制之，实以凌零香屑。其旗画海妖状，相传天尊曾镇海妖云。余随婆罗门大德行次摩俱罗山，于散陀那古庙得瞻礼一通。散陀那者，译言“流花”。

六二

秦淮青溪上有张丽华小祠，不知何代初建，至今圯迹犹存。新城王士祯有诗云：“璧月依然琼树枯，玉容犹似忆黄奴。过江青盖无消息，寂寞青溪伴小姑。”二十八字，可称吊古杰作。《后庭花》唱乐，天下事已非，当年风景，亦祸苍生之尤者耳。

女杰郭耳缦

1903 年秋，曼殊在苏州任教，得悉挚友陈仲甫（独秀）在上海办《国民日日报》，即辞教前往该报任英文翻译，乃将年前在日本搜集到有关郭耳缦的资料，撰写成此文。

郭耳缦——Emma Goldman（1869 至 1940），国际无政府主义者。生于俄国立陶宛，在圣彼得堡长大。十七岁赴美国，在纽约州罗彻斯特市当工人。后前往康涅狄格州新港与纽约市，结识无政府主义者，从事宣传活动，曾坐牢多次。第一次世界大战后返国，因不满政府而转去英国。死于加拿大多伦多市。

女杰与无政府党

咄！咄！！咄！！！北美合众国大统领麦金莱（原译麦坚尼），于西历一千九百零一年九月十四日被枣高士刺毙于纽约（原译纽育）博览会。捕缚之后，受裁判。枣高士声言："行刺之由，乃听无政府党巨魁郭耳缦女杰之演说，有所感愤，决意杀大统领者也。"

当局者下捕郭耳缦女杰之令，追寻四日，竟由无政府党员西脑李斯之住宅就缚。

女杰之素行

郭耳缦年三十二，生于俄京圣彼得堡。当十六年前，姐妹偕至美国，定居于罗彻斯特（原译洛旗斯达）。身在中流社会，常寄同情于不幸之贫民，被种种不正裁判事件所驱，竟投身于无政府党，以鼓吹该党之主义为生涯。

女杰与枣高士之关系

郭耳缦与枣高士无深交，彼此仅面会一次，亲与谈话亦不过片刻之间耳。五月中旬，郭耳缦在克利夫兰（原译库黎乌兰）市开讲演会二次。时枣高士临会，听其议论，雄心勃勃，谋杀大统领之机已动于此。政府指女杰为暗杀之教唆者，非偶然也。

女杰之气焰

郭耳缦曰："无政府党员，非必须嗾使枣高士加凶行于大统领也。大统领何人？自无政府党之眼视之，不过一最无学无用之长物已耳！有何所尊崇？然则无政府党亦何为而必加刃于此无用之长物也耶？当世之人，于大统领之被杀也，亦非常惊扰，此诚妾所不解者。妾无政府党员也，社会学者也。无政府党之主义，在破坏社会现在之恶组织，在教育个人，断非持利用暴力之主义者。妾之对于该犯人之所为，毫不负其责任，因该犯人依自己之见解而加害于大统领。若直以妾为其教唆者，则未免过当也。该犯人久苦逆境，深恶资本家之压抑贫民，失望之极，又大受刺击，由万种悲愤中，大发其拯救同胞之志愿者耳。”

狱中之女杰

斯时也，女杰拘留狱中，意气轩昂，毫无挫折。遥见铁窗之外，哀吊大统领之半旗飘然高树于街头，女杰冷然叹曰：“大统领死，是奚足怪？人皆有必死之运命，王侯、贵族、劳动者，何所区别耶？麦金莱之死也，市民皆为之惜，为之悲，何为乎？特以其为大统领故，而追悼之耶？吾宁深悼夫市井间可怜劳动者之死也！”其卓见如此。女杰后卒放免，而枣高士遂定罪。

英皇之警戒

英皇爱德华（原译爱德威尔）七世，因此深为之惧。日夜孜孜严加警戒，常使数名微服警官卫护身边，如秦始皇也者。噫！皇帝，皇帝，诚可怜矣！

各国无政府党之响应

是时各国之无政府党人，云起响应，如某宝玉商与法人富塞伦氏论南非洲之惨状，而归咎于英国殖民大臣张伯伦。宝玉商遂嗾富氏刺杀张伯伦，而富氏不允诺。宝玉商怒甚，即在地上执起铁棒，将富氏击毙，此宝玉商固有名之社会党员也。同日又有加拿大警电，云英国皇太子巡游殖民地之时，有无政府党员，抱暗杀之目的，同到市中，后市长知之，严为防护乃免。千八百九十八年九月一日，奥、匈国皇后伊莉莎白（原译以利沙伯托），正徒步游览于瑞士（原译瑞西）国日内瓦（原译更富市）间，忽被二十五岁之工人所诛。是非无政府党员意大利路易基尔秦之所为乎？又千九百年七月二十九日，意帝洪伯尔特一世（原译夫母陪尔德一世）由罗马市郊外蒙萨村之归途，殪于凶人之手。是非无政府党员意大利人布列西之所为乎？又千九百〇一年三月六日，德皇威廉第二世赴不来梅（布内门）市之火车站，途中遇一工人，持铁袭来，帝乃负伤。又千九百〇二年十一月十五日，比利时今皇李奥波尔德（原译雷阿活尔）第二世尝受短铳弹丸，幸负微伤。是非无政府党员意大利人夫尔诺之所为乎？——继此风云，尚不知其何所极也！

海哥美尔氏名画赞

1907年夏，曼殊在日本东京协助刘师培、何震夫妇办《天义》杂志，除不断绘画供刊登外，还介绍外国名画。此篇题赞介绍的是19世纪英国著名画家海哥美尔反映劳苦大众生活和斗争的作品《同盟罢工》的画面、创作意图和观者感受。

此劳动者同盟罢工时，室人憔悴，幼子啼饥之状也。英国海哥美尔氏，悲愍贫人而作是图，令阅者感愤无已，岂独画翁之画云尔哉！

曼殊

南洋话

1912 年春，曼殊从爪哇返至上海，应聘于《太平洋报》社任笔政。他在爪哇目睹荷兰殖民统治者欺侮、压迫爪哇华人，于是愤然撰此文刊于报上，予以揭露，并呼吁刚成立的中华民国政府通过外交途径，切实维护当地华人的权益。

南洋话，“话南洋”的倒装。南洋，南洋群岛。此指爪哇。

衲南巡爪哇二次，目击吾邦父老苦荷人苛法久。爪哇者，即《佛国记》所云耶婆堤是。法显纡道经此时，黄人足迹尚未至也。唐、宋以后，我先人以一往无前之概，航海而南，餐风宿雨，辟有蛮荒。迄万历时，华人往前通商者始众，出入俱用元通钱，利息甚厚。乃至今日，华侨人数，即爪哇一岛而论，即达三十余万，蔚为大国矣。谁知荷人蚕食南洋三百年来，以怨报德，利我华人不识不知，施以重重压制。红河之役，复糜吾先人血肉殆尽。今虽子孙不肖，犹未付之淡忘。乃开春中华民国甫成，而荷兰又以淫威戮我华胄，辱我国旗。呜呼，荷兰者，真吾国人九世之仇也！今者当道群公，已与荷政府办严重交涉，固吾新国匍地啼声，应该一试。唯衲更有愿望于群公者，即非废却一切苛法则弗休也。后此当重订商约，遣舰游弋，护卫商民；分派学人，强迫教育，使卖菜佣俱有六朝烟水气，则人谁其侮我者！

爪哇野老尝为衲言：“昔千余年前，华人缔造末里洞石佛山，工竣，临行，土人依依弗忍遽别，问我华人：‘何时复返？’我华人答之曰：‘后此当有白奴儿来此，替我经营，我返当以铁为路识之。’”今铁道刚筑至该地，宁非华侨业尽福生之朕耶！

呜呼广东人

曼殊在上海《国民日日报》社任英文翻译时，忆及某些广东人的媚外丑行，十分愤慨，于草下《敬告广东留学生》的同时，撰写此文，予以衍责。

吾悲来而血满襟，吾几握管而不能下矣！

吾闻之：外国人与外省人说："中国不亡则已，一亡必亡于广东人手。"我想这般说，我广东人何其这样该死？岂我广东人生来就是这般亡国之种么？我想中国二十一行省，风气开得最早者，莫如我广东。何也？我广东滨于海，交通最利便。中外通商以来，我广东人于商业上最是狡猾。华洋杂处，把几分国粹的性质，淘溶下来，所以大大地博了一个开通的名气。这个名气，还是我广东的福，还是我广东的祸呢？咳，据我看来，一定是我广东绝大的祸根了！何也？"开通"二字，是要晓得祖国的危亡，外力的危迫，我们必要看外国内国的情势，外种内种逼处的情形，然后认定我的位置。无论其手段如何，"根本"二字，万万是逃不过，断没有无根本的树子可以发生枝叶的。依这讲来，印在我广东人身上又是个什么样儿？我看我广东人开通的方门，倒也很多。从维新的志士算起，算到细崽洋奴，我广东人够得上讲“开通”二字者，少讲些约有人数三分之一，各省的程度，实在比较不来。然而我广东开通的人虽有这样儿多，其实说并没有一个人也不为过，何也？我广东人有天然媚外的性质，看见了洋人，就是父爷天祖，也没有这样巴结。所以我广东的细崽洋奴，独甲他省，我讲一件故事，给诸位听听：香港英人，曾经倡立维多利亚纪念碑，并募恤南非战事之死者二事，而我广东人相率捐款，皆数十万，比英人自捐的还多数倍。若是遇了内地的什么急事，他便如秦人视越人的肥瘠，毫不关心。所以这样的人，已经不是我广东人了！咳！那晓得更奇呢！我们看他不像是广东人，他偏不愿做广东人，把自己祖国神圣的子孙弃吊，去摇尾乞怜，当那大英大法等国的奴隶，并且仗着自己是大英大法等国奴隶，来欺虐自己祖国神圣的子孙。你看这种人于广东有福？于广东有祸？我今有一言正告我广东人曰：“中国不亡则已，一亡必先我广东；我广东不亡则已，一亡必亡在这班入归化籍的贱人手里。”

于今开通的人讲自由，自思想言论自由，以至通商自由，信教自由，却从没有人讲过入籍自由，因为这国籍是不可紊乱的。你们把自己的祖宗不要，以别人之祖宗为祖宗，你看这种人还讲什么同胞？讲什么爱国？既为张氏的子孙，便可为李氏的子孙。倘我中国都像我广东，我想地球面皮上，容不着许多惯门归化的人。呜呼我广东！呜呼我广东！这是我广东人开通的好结果！这是我广东人开通的好结果。

我久居日本，每闻我广东人入日本籍者，年多一年。且日本收归化顺民，须富商积有资财者，方准其入归化籍。故我广东人，旅居横滨、神户、长崎、大阪等处，以商起家者，皆入日本籍，以求其保护，而诳骗欺虐吾同胞。东洋如此，西洋更可想见。呜呼！各国以商而亡人国，我国以商而先亡己国！你看我中国尚可为吗？你看我广东人的罪尚可逭吗？吾思及此。

吾悲来而血满襟，吾几握管而不能下矣！

碧伽女郎传

1916年夏，曼殊在上海得到一幅德国邮片，上有一女郎肖像。曼殊便与杨沧白、叶楚伧开玩笑，当作真有其人，请二人赋诗，自己则串缀成此文。

碧伽女郎，德意志产。父为一乡祭酒，其母国色也。幼通拉丁文。及长，姿度美秀，纤腰能舞。年十五，避乱至圣约克。邻居有一勋爵，老矣，悯其流落可叹，以二女一子师事之，时于灯下，弦轸自放。自云："安命观化，不欲求知于人。"和尚闻之，欲观其人，乃曰："天生此才，在于女子，非寿征也！"

蜀山父绝句云：

子夜歌残玉漏赊，春明梦醒即天涯。
岂知海外森林族，犹有人间豆蔻花！

白傅情怀，令人凄恻耳！

> 细雨高楼春去矣，围炉无语画寒灰。
> 天公无故乱人意，一树桃花带雪开。

碧伽女郎濒死幸生，程明经乃以歪诗题其小影。嗟乎！不幸而为女子，复蒙不事之名。吾知碧伽终为吾国比干剖心而不悔耳！

四月二十一日

冯春航谈

1912年4月18日，曼殊应柳亚子之邀去观看艺人冯春航表演，见其演艺大进，十分感动，乃撰此文。

冯春航，名旭初，字子和，江苏吴县人。民初上海著名京剧演员，善串青衫、花旦，深受柳亚子等赞赏。

前夕，亚子要衲往观《血泪碑》一剧。观毕，衲感喟无已。春航所唱西曲，节奏过促，只宜于 Meet me by moon light 之调。又春航数年前所唱西曲，无如今日之美满，实觉竿头日进，剧界前途，大有望于斯人云。

忆曩日观《九袭衣》一剧，衲始而吁口戏，继而泪潸潸下透罗巾矣。人谓衲天生情种，实则别有伤心之处耳。

讨袁宣言

1913年7月，孙中山发动“二次革命”，讨袁声势十分高涨，江苏、安徽、广东、福建、上海等省市纷纷宣告独立。面对此热潮，曼殊异常激动，即以佛教界名义，撰出此文。

昔者，希腊独立战争时，英吉利诗人拜伦投身戎行以助之，为诗以励之，复从而吊之曰：

Greece! Change thy lords, thy state is still the same; Thy glorious day is o'er, but not thy years of shame。

呜呼！衲等临瞻故园，可胜怆恻！

自民国创造，独夫袁氏作孽作恶，迄今一年。擅屠操刀，杀人如草；幽、蓟冤鬼，无帝可诉。诸生平等。杀人者抵；人讨未申，天殛不逭。况辱国失地，蒙边夷亡；四维不张，奸回充斥。上穷碧落，下极黄泉；新造共和，固不知今真安在也？独夫祸心愈固，天道愈晦；雷霆之威，震震斯发。普国以内，同起伐罪之师。

衲等虽托身世外，然宗国兴亡，岂无责耶？今直告尔：甘为元凶，不恤兵连祸结，涂炭生灵，即衲等虽以言善习静为怀，亦将起而褫尔之魄！尔谛听之。

华洋义赈会观

1912 年 5 月，曼殊自东京返至上海，即往张园采访一个由中外人士合办的义赈会，将观感写成此文。

昨日午后三时，张园开华洋义赈会，衲往参观。红男绿女，极形踊跃，足征中外众善之慈祥，衲当为苍生重复顶礼，以谢善男善女之隆情盛意也。唯有一事，所见吾女国民，多有奇特装束，殊自得意，以为如此则文明矣。衲敬语诸女同胞，此后勿徒效高乳细腰之俗，当以“静女嫁德不嫁容”之语为镜台格言，则可耳。

露伊斯·美索尔遗像赞

1906 年秋，曼殊住上海爱国女校，得到英国画家祖梨所绘的露伊斯·美索尔像的照片，十分景仰。翌年，题上此《赞》，表明心迹。

露伊斯·美索尔——Louise Michel（1830 至 1905），法国无政府主义者。母为贵族女仆，与少主私通而生美氏。从母姓，由祖父抚养长大，受良好教育。先去巴黎艺术家聚居地区任教师，热心慈善事业及革命活动。因参加人民公社被捕入狱。释放后继续到各地宣传革命，鼓吹暴动。病死于马赛。

丙午秋，余归至沪渎，寒风萧瑟，落叶打肩，偶于故纸堆中，得英人祖梨手绘露伊斯·美索尔像，英姿活现，想见婆心，慕恋之诚，其何能已？旁系辞曰：

Louise Michel was really a kind-hearted woman，who only dreamed of bettering humannity。Personally she would not have harmed a fly。

美氏生平事业，已见《天义》第二卷，嗟，嗟！极目尘球，四生惨苦，谁能复起作大船师如美氏者耶？友人诗云：“众生一日不成佛，我梦中宵有泪痕。”

曼殊志

◎

小说

苏曼殊

文学精品选

天涯红泪记

第一章

涒滩之岁，天下大乱，燕影生以八月二十一日仓皇归省。平明，辞高等学堂。诸生咸返乡间，堂中惟余工役辈集厨下，蹙蹙不安，知有非常之祸。街上不通行旅，惟见乱兵攒刃蹀躞，生尽弃书簏，促步出城。至小南门，童谣云："职方贱如狗，将军满街走。"心知不祥。生既登舟，舟中人咸掬万愁于面，盖自他方避难而来，默不一语，辄相窥望。时有卜者为人言休咎，生静立人丛中，心仪卜者俊迈有风；卜者亦数目生，似欲有言而弗言。忽而城内炮声不断，舟中人始大哗，或有掩泪无言者。舟主是英吉利人，即令启舷。舟行可数里，生回注城楼之上，黑烟突突四起。是日天气阴晦，沿途风柳飘萧。生但默祷天帝释庇佑，平安到家，拜仁慈母氏，世乱本属司空见惯也。

无何，生既宁家，生之慈母方制重九糕，女弟制飞鸾饼子，母见生，大喜，曰："谢上苍佑吾儿无恙，果归矣！"即传言侍女陈晚膳，生视之，红豆饭也。母言："今日为重九佳节，家中食罗目侯罗饭，年年如此。"饭后，女弟问生乱事甚烦。生垂涕曰："嗟夫！四维不张，生民涂炭，宁有不亡国者？今吾但知奉承阿母慈祥颜色可耳。"

一日，母命游圣恩寺。——圣恩寺者，古寺也。旁午，道出碧海，憩夕阳楼，观涛三日。复径西北，涉二小水，不复知远近矣。忽至一处，湖水周环新柳，游鱼细石，直视无碍。更前，则为山谷。生习谓人间无此清逸，徘徊流盼，微闻异音如鸣环佩。母云："大有景处，昔人称'弹筝谷'，殆指此欤？"生解骑，扶将母氏，赁渔庄居焉。时为暮春，犹带微寒，斜月窥帘，花香积水。生乍听疏篱之外，有人低咏曰："石龟尚怀海，我宁亡故乡？"生审此声凄丽，必出自女子，心生怪异。

翌日，天朗无云，湖水澄碧。生辞母氏出庐，纵步所之，仰望前面山脉，起伏曲折，知游者罕至。湖之西，古榕甚茂，可数百年物也。生就林外窥之，见飞泉之下，有石梁通一空冥所在，生喜，徐徐款步，不觉穿榕林而出，水天弥望，生不知其为湖为海。读吾书者思之：夫人遭逢世变，岂无江湖山薮之思？况复深于患忧如生者！生凝伫，觉盈眸寂乐，沾恋不去。忽隐约中，见高柳之下，有老人踞石行渔，神采英毅，惟老态若骊龙矣，因迤逦就老人之侧，微叩之曰："叟之渔，渔者之渔，抑隐者之渔？可得闻乎？"老人闻言，始举首瞩生，自颅及踵，少须，答曰："善哉，客之问也！无思无虑，纵意所如，渔者之渔，老夫未能也。若夫姜尚父、严子陵，名垂青史，后世贤之，此隐者之渔；夫隐者固非钓渔而钓名耳，老夫何与焉？"老人言至此，收拾钓竿，以手指南岸树林示生曰："老夫居是间，历十余年。路不拾遗，夜不闭户，谈话不过农夫田父。老夫观客玄默有仪，无诱慕于世伪者，客其一尘游屐乎？"生恭谨答曰："小子既入仙乡，此生难得，今叟见招，敢不如命？"

生随老人行，山角凡四转，泉水激石，泠泠作响，既见柳岸，复行半里。得板桥。老人笑面生曰："至矣。"言讫，又导生行。板桥渡已，乃过竹围，入老人茅屋矣。老人命生坐，言曰："吾女当来见客。客了无凡骨，可为吾友。"生重复致谢老人厚遇。老人既出菜圃，生见竹壁悬烂剑一柄，几上奇石如斗大，外无他物。忽而，老人携其女入，修臂下垂，与生为礼。生正视之，密发虚鬟，非同凡艳。生问老人姓氏，并是地何名，老人都不答，但摇其首。久之，询生奚得至此，生一一告以故，老人甚欣欢。少选，老人之女捧果以进，置石几上。果丹色，大于鸡子，生所未见，询之老人，老人曰："硕果，此土终岁产之。客食十枚，可尽日无饥渴，老夫数枚足矣。"生剥果啖之，香甜凝舌，中有实一粒如豆。老人云："此核可为药，用治外伤。"食果毕，老人为生谈者，均剑术家言，蝉联不觉日暮，生请告辞，归慰慈母。老人起立曰："且慢，吾女当以舴艋送子，吾女亦宿邻岸姨家。子明日请再临存，或客吾许，可乎？"生以母氏同来，因约老人以明日再行奉谒。老人伫立岸上，女领生登舟，舟小如芥，既左出，始不见老人颜色。时日落崦嵫，微风送棹。生自念如是风光中，得如是名姝垂青。复感老人情极真朴，以为天壤间安得如是境域？实令生无从着思。猛忆老人垂纶之际，面带深忧极恨之色，意者老人其任侠之流欤？生此时心事乃如潮涌，于是正襟危坐，径问女曰："名姝何姓？地是何名？望有以见教也。"女赧然良久，嘤然而呻曰："吾禀老父之命，未能遽答先生，幸先生容之。老父固有隐怀。先生善人，异日或有以奉述于先生之前耳。昨日马上郎君，投止姨氏邻家，非先生也耶？"生曰："诚不慧也。不慧奉母游名刹，不图失道至此，然母氏正乐是间风物。敢问名姝，昨日黄昏，何人诵陆机诗句者？名姝其或识斯人否？"女闻生言，低首无语。生视女双涡已泛淡红，复视女两手莹洁如雪，衬以蔚蓝天色，殆天仙也。生自省唐突，乃回视前岸，渔灯三五，母氏已立堤畔。生启女曰："余母望余久，敬谢名姝棹我归来，不然，吾步行，母氏迟余矣。"女无言，但微哂。

此燕影生第一次与绝代名姝晋接之言，即亦吾书发凡也。

第二章

明日，晨曦在树，生复至老人许。老人遇生备极友爱，但仍絮絮向生言剑法。生生平未尝学剑，顾聆老人言，心动，跪求受业。老人思少间，慨然曰："诺！"于是出剑授生，循循诱掖。生奉老人惟谨。不觉木叶战风，清秋亦垂尽矣。

一日，女肃然谓生曰："吾闻人生哀乐，察其眉可知。然则先生亦有忧患乎？"莺吭一发，生已泪盈其睫。女仰天而唏，已而出纤手扶生腰围，令坐于树根之上，低声曰："先生千万珍重！晨来见先生郁郁，是以不能无问，幸恕唐突耳。"生闻言，不禁感动于怀，心念："此女肝胆照人，一如其父，匪但容仪佳也。然吾今生虽抱百忧，又奚可申诉于婴婴婉婉者之前？惟苍苍者知吾心事耳。尝闻老人言，此女剑术亦深造而神悟，兼有侠骨。斯人真旷劫难逢者矣。"生寻思至此，立坠于情网之中，不自觉也。

忽而，老人偕一新客至生侧，谓曰："此吾弟，刚自外归。"生愕然，起立恭迎，微有怅触，揖而问之曰："长老似曾相识？"其人亦长揖答曰："前此舟中卜者，忆念之乎？"生始洒然有省，因叩行止。其人展掌笑曰："行时绝行迹，说时无说踪。行说若到，则垛生招箭；行说未明，则神锋划断，就使说无渗漏，行不迷方，犹滞壳漏在，若是大鹏金翅，奋迅百千由旬；十影神驹，驰骤四方八极。不取次啖啄，不随处埋身，且总不依倚。还有履践分也无，刹刹尘尘是要津。"生恍然大悦曰："得聆謦欬，实属前缘。舟中胡以吝教？"其人骤执生手，喟然叹曰："良友，鄙人仰企清辉久矣！顾为罗网所隔，不忆江上吾屡欲与良友晤谈而未果耶？然吾既断彼伧右臂，今对良友可告无愧。彼伧者，耀武扬威、残贼人民之某将军也，姑隐其名，以存忠厚。今且语良友以吾何由知君高义干云、博学而多情者也。"言次，出小影一幅示生曰："此君玉照，即曩日女郎临授亲别鄙人，且言曰：'此妾生生世世感戴弗忘之人，或因相遇，幸为口述，妾虽飘瞥，依然无恙；并为妾贡其诚款，或者上苍见怜，异日犹有把晤之期，报恩于万一，亦未可料。’女郎言已，泪如绠绯。鄙人故珍藏之。今兹女郎情愫已达君前，即此玉照亦敬以还君耳。”生太息曰：“甚矣哉，情网之慄人也，此女以无玷之质，生逢丧乱，遇人不淑，致令流离失所。然而哀鸿遍野，吾又何能一一拯之，使出水火之中耶？此女既云无恙，深感天心仁爱。复愿长者为言其详。”其人抚膺续曰：“昔黄帝有涿鹿之战，以定水灾；颛顼有共工之阵，以平水害，成汤有南巢之伐，以殄夏乱。至于任侠之流，为人排难解纷，亦所受于天耳。”……

（编者注：本篇为未完之作，发表于1914年5月东京《民国》杂志第1号“小说栏”。）

断鸿零雁记

百越有金瓯山者，滨海之南，巍然矗立。每值天朗无云，山麓葱翠间，红瓦鳞鳞，隐约可辨，盖海云古刹在焉。相传宋亡之际，陆秀夫既抱幼帝殉国崖山，有遗老遁迹于斯，祝发为僧，昼夜向天呼号，冀招大行皇帝之灵。故至今日，遥望山岭，云气葱郁；或时闻潮水悲嘶，尤使人唏嘘凭吊，不堪回首。今吾述刹中宝盖金幢，俱为古物。池流清净，松柏蔚然。住僧数十，威仪齐肃，器钵无声。岁岁经冬传戒，顾入山求戒者寥寥，以是山羊肠峻险，登之殊艰故也。

一日凌晨，钟声徐发，余倚刹角危楼，看天际沙鸥明灭。

是时已入冬令，海风逼人于千里之外。读吾书者识之，此日为余三戒俱足之日。计余居此，忽忽三旬，今日可下山面吾师。后此扫叶焚香，送我流年，亦复何憾！如是思维，不觉堕泪，叹曰："人皆谓我无母，我岂真无母耶？否否。余自养父见背，虽茕茕一身，然常于风动树梢，零雨连绵，百静之中，隐约微闻慈母唤我之声。顾声从何来，余心且不自明，恒结轖凝想耳。"继又叹曰："吾母生我，胡弗使我一见？亦知儿身世飘零，至于斯极耶？"

此时晴波旷邈，光景奇丽。余遂披袈裟，随同戒者三十六人，双手捧香鱼贯而行。升大殿已，鹄立左右。四山长老云集。《香赞》既阕，万簌无声。少选，有尊证阇黎以悲紧之音唱曰："求戒行人，向天三拜，以报父母养育之恩。"

余斯时泪如绠縻，莫能仰视，同戒者亦哽咽不能止。既而礼毕，诸长老一一来相劝勉曰："善哉大德，慧根深厚，愿力壮严。此去谨侍亲师，异日灵山会上，拈花相笑。"

余聆其音，慈悲哀愍，遂顶礼受牒，收泪拜辞诸长老，徐徐下山。夹道枯柯，已无宿叶，悲凉境地，惟见樵夫出没，然彼焉知方外之人，亦有难言之恫？此章为吾书发凡，均纪实也。

余既辞海云寺，即驻荒村静室，经行侍师而外，日以泪珠拭面耳。吾师视余年幼，固已怜之。顾吾师虽慈蔼，不足以杀吾悲。读者试思，余殆极人世之至戚者矣！

一日，余以师命下乡化米，量之可十余斤，负之行，思觅投宿之所，忽有强者自远而来，将余米囊夺去。余付之一叹。尔时天已薄暮，彳亍独行，至海边，已不辨道路。徘徊久之，就沙滩小憩，而骇浪遽起，四顾昏黑。余踌躇间，遥见海面火光如豆，知有渔舟经此，遂疾声呼曰："请渔翁来，余欲渡耳。"

已而火光渐大，知舟已迎面至，余心殊慰。未几，舟果傍岸，渔人询余何往。曰："余为波罗村寺僧，今失道至此，幸翁助我。"

渔人摇手曰："乌，是何言！余舟将以捕鱼易利，安能载尔贫僧？"言毕，登舟驶去。

余莫审所适，怅然涕下。忽耳畔微闻犬吠声，余念是间殆有村落，遂循草径行。渐前，有古庙，就之，中悬渔灯，余入，蜷卧石上。俄闻户外足音，余整衣起，瞥见一童子匆匆入。余曰："小子何之？"童子手持竹笼数事示余曰："吾操业至劳，夜已深矣，吾犹匿颓垣败壁，或幽岩密箐间，类偷儿行径者，盖为此唧唧者耳，不亦大可哀耶？"余曰："少年英俊，胡为业此屑小事？”

童子太息曰：“吾家固有花圃，吾日间挑花以售富人，富人倍吝，故所入滋微，不足以养吾慈母。慈母老矣，试思吾为人子，安可勿尽心以娱其晚景？此吾所以不避艰辛，而兼业此。虽然，吾母尚不之知，否则亦必尼吾如是。吾前日见庙侧有蟋蟀跨蜈蚣者，候此已两夜，尚未得也。天乎！使此微虫早落吾手，待邻村墟期，必得善价，当为慈母市羊裘一领，使老母虽于冬深之日，犹在春温。小子之心，如是慰矣。

吾岂荒伧市侩，尽日孳孳爱钱而不爱命者耶？”

余聆小子言，不禁有所感触，泣然泪下。童子相余顶，从容曰：“敢问师奚为露宿于是？”

余视童貌甚庄肃，一一告以所遇。童子慨然曰：“师苦矣。

寒舍尚有空阒，去此不远，请从我归，否则村人固凶恣，诬师为贼，且不堪也。”

余感此童诚实，诺之，遂行。俄入村，至一宅。童子辟扉，复自阖之，导余曲折度回廊。苑内百花，暗香沁鼻。既忽微闻老人语曰：“潮儿今日归何晚？”

余谛听之，奇哉，奇哉，此人声音也。乃至厅事，则赫然余乳媪在焉。

余礼乳媪既毕，悲喜交并。媪一一究吾行止，乃命余坐，谛视余面，即以手拊额，沉思久之，凄然曰：“伤哉，三郎也！

设吾今日犹在彼家，即尔胡至沦入空界？计吾依夫人之侧，不过三年，为时虽短，然夫人以慈爱为怀，视我良厚。一别夫人，悠悠十数载，乃至于今，吾每饭犹能不忘夫人爱顾之心。

先是夫人行后，彼家人虽遇我恶薄，吾但顺受之，盖吾感夫人恩德，良不忍离三郎而去。迨尔父执去世之时，吾中心戚戚，方谓三郎孤寒无依，欲驰书白夫人，使尔东归，离彼獝獠。讵料彼妇侦知，逢其愠怒，即以藤鞭我。斯时吾亦不欲与之言人道矣！纵情挞已，即摈我归。”

媪言至此，声泪俱下。斯时余方寸悲惨已极，顾亦不知所以慰吾乳媪，惟泪涌如泉，相对无语。余忽心念乳媪以四十许人，触此愤恸，宁人所堪？遂强颜慰之曰：“媪毋伤。媪育我今已成立。此恩此德，感戴何可言宣？余虽心冷空门，今兹幸逢吾媪，借通吾骨肉消息；否即碧落黄泉，无相见之日！

以此思之，不亦彼苍尚有灵耶？余在幼龄，恒知吾母尚存，第百思莫审居何许，且为谁氏。今吾媪所称夫人者，得非余生身阿母？奚为任我孑孑一身，飘摇危苦，都弗之问？媪试语我，以吾身世究如何者。”

媪既收泪，面余言曰：“三郎居，吾语尔：吾为村人女，世居于斯，牧畜为业。既嫁，随吾夫子，日出而作，日入而息，其乐无极，宁识人间有是非忧患？村家夫妇，如水流年。

吾三十，而吾夫子不幸短命死矣，仅遗稚子，即潮儿也。是后家计日困，平生亲友，咸视吾母子为路人。斯时吾始悟世变，怆然于中，四顾茫茫，其谁诉耶？

“一日，拾穗村边，忽有古装夫人，姗姗来至吾前，谓曰：‘子似重有忧者？’因详叩吾况。吾一一答之，遂蒙夫人怜而招我，为三郎乳媪。古装夫人者，诚三郎生母，盖夫人为日本产，衣制悉从吾国古代。此吾见夫人后，始习闻之。

“‘三郎’即夫人命尔名也。尝闻之夫人，尔呱呱坠地，无几月，即生父见背。尔生父宗郎，旧为江户名族，生平肝胆照人，为里党所推。后此夫人综览季世，渐入浇漓，思携尔托根上国；故掣尔身于父执为义子，使尔离绝岛民根性，冀尔长进为人中龙也。明知兹事有干国律，然慈母爱子之心，无所不至，乃亲自抱尔潜行来游吾国，侨居三年。忽一日，夫人诏我曰：‘我东归矣，尔其珍重！’复手指三郎，凄声含泪曰：‘是儿生也不辰，媪其善视之，吾必不忘尔赐。’语已，手书地址付余，嘱勿遗失。故吾今尚珍藏旧簏之中。

“当是时，吾感泣不置。夫人且赐我百金，顾今日此金虽尽，而吾感激之私，无能尽也。尤忆夫人束装之先一夕，一一为贮小影于尔果罐之中，衣箧之内，冀尔稍长，不忘见阿母容仪，用意至为凄恻。谁知夫人行后，彼家人悉检毁之。嗣后，夫人尝三致书于余，并寄我以金，均由彼妇收没。又以吾详知夫人身世，且深爱三郎，怒我固作是态，以形其寡德。怨毒之因，由斯而发。甚矣哉，人与猛兽，直一线之分耳！吾既见摈之后，彼即诡言夫人已葬鱼腹，故亲友邻舍，咸目尔为无母之儿，弗之闻问。迹彼肺肝，盖防尔长大，思归依阿娘耳。嗟乎！既取人子，复暴遇之，吾百思不解彼妇前生，是何毒物？苍天苍天！吾岂怨毒他人者哉？今为是言者，所以惩悍妇耳。尔父执为人诚实，恒念尔生父于彼有恩，视尔犹如己出。谁料尔父执辞世不旋踵，而彼妇初心顿变耶？至尔无知小子，受待之苛，莫可伦比。顾尔今亭亭玉立，别来无恙；吾亦老矣，不应对尔絮絮出之，以存忠厚。虽然，今丁末造，我在在行吾忠厚，人则在在居心陷我。此理互相消长。世态如斯，可胜浩叹！”吾媪言已，垂头太息。

少须，媪尚欲有言。斯时余满胸愁绪，波谲云诡。顾既审吾生母消息，不愿多询往事，更无暇自悲身世，遂从容启媪曰：“今夜深矣，媪且安寝。余行将孑身以寻阿母，望吾媪千万勿过伤悲。天下事正复谁料？媪视我与潮儿，岂没世而名不称者耶？”

既而媪忽仰首，且抚余肩曰：“伤哉，不图三郎羸瘠至于斯极！尔今须就寝，后此且住吾家，徐图东归，寻觅尔母。吾时时犹梦古装夫人，旁皇于东海之滨，盼三郎归也。三郎，尔尚有阿姊义妹，娇随娘侧，尔亦将闻阿娘唤尔之声。老身已矣，行将就木，弗克再会夫人，但愿苍苍者，必有以加庇夫人耳。”

翌晨，阳光灿烂，余思往事，历历犹在心头。读者试思，余昨宵乌能成寐？斯时郁伊无极，即起披衣出庐四瞩，柳瘦于骨，山容萧然矣。继今以后，余居乳媪家，日与潮儿弄艇投竿于荒江烟雨之中，或骑牛村外。幽恨万千，不自知其消散于晚风长笛间也。

一日薄暮，荒村风雪，萧萧彻骨。余与潮儿方自后山负薪以归。甫入门，见吾乳媪背炉兀坐，手缝旧衲，闻吾等声气，即仰首视余曰：“劳哉小子！吾见尔滋慰。尔两人且歇，待我燃烛出鲜鱼热饭，偕尔晚膳。吾家去湖不远，鱼甚鲜美，价亦不昂，村居胜城市多矣。”

余与潮儿即将蓑笠除下，与媪共饭，为况乐甚。少选，饭罢，媪面余言曰：“吾今日见三郎荷薪，心殊未忍。以尔孱躯，今后勿复如是。此粗重工夫，潮儿可为吾助。今吾为尔计，尔须静听吾言。吾家花圃，在三春佳日，群芳甚盛。今已冬深，明岁春归时，尔朝携花出售，日中即为我稍理亭苑可耳。花资虽薄，然吾能为尔积聚。迄二三年后，定能敷尔东归之费，舍此计无所出。三郎，尔意云何？”

余曰：“善，均如媪言。”

媪续曰：“三郎，尔先在江户固为公子，出必肥马轻裘，今兹暂作花佣，亦殊异事。虽然，尔异日东归，仍为千金之子，谁复呼尔为鬻花郎耶？”

余听至此，注视吾媪慈颜，一笑如春温焉。

岁月不居，春序忽至。余自是遵吾乳媪之命，每日凌晨作牧奴装，携花出售，每晨只经三四村落。余左手携花筐，右手持竹竿，顶戴渔父之笠，盖防人知我为比丘也。踯躅道中，状殊羞涩，见买花者，女子为最多，次则村妪耳。计余每日得钱可二三百，如是者弥月矣。

一日，余方独行前村，天忽阴晦，小雨溟濛，沾余衣袂。

此日为清明前二日，家家部署扫墓之事，故沿道无人，但有雨声清沥愁人而已。余纡道徐行，至一屋角细柳之下枯立小憩，忽睹前垣碧纱窗内，有女郎新装临眺，容华绝代，而玉颜带肃，涌现殷忧之兆。迨余旁睇，瞬然已杳。俄而雨止，天朗气清，新绿照眼。余方欲行，前屋侧扉已启，又见一女子匆遽出而礼余，嗫嚅言曰：“恕奴失礼。请问若从何方至此，为谁氏子？以若年华，奚至业是？若岂不识韶光一逝，悔无及耶？请详答我。”

余聆其言，心念彼女慧甚，无村竖态，但奚为盘问，一若算命先生也者？殆故探吾行止，抑有他因耶？余惟僵立，心殊弗释，亦莫审所以为对。

良久，彼女复曰：“吾之所以唐突者，乃受吾家女公子命，嘱必如是探问。吾女公子情性幽静无伦，未尝共生人言语，顾今如此者，盖听若卖花声里，含酸哽余音。今晨女公子且见若于窗外，即审若身世，固非荒凉。若得毋怪我语无伦次？若非‘河合’其姓，‘三郎’其名者耶？”

余骤闻是言，愕极欲奔，继思彼辈殆非为害于余，即漫声应之曰：“诚然。余亟于东归寻母，不得不业此耳。尚望子勿泄于人，则余受恩不浅矣。”

女重礼余，言曰：“谨受教。先生且自珍重。明晨请再莅此，待我复命女公子也。”

余自是心绪潮涌，遂怏怏以归。

明日，天气阴沉，较诸昨日为甚。迨余晨起，觉方寸中仓皇无主，以须臾即赴名姝之约耳。读吾书者，至此必将议我陷身情网，为清净法流障碍。然余是日正心思念：我为沙门，处于浊世，当如莲华不为泥污，复有何患？宁省后此吾躬有如许惨戚，以告吾读者。

余出门去矣，此时正为余惨戚之发轫也。江村寒食，风雨飘忽，余举目四顾，心怦然动。窃揣如斯景物，殆非佳朕。

然念彼姝见约，定有远因，否则奚由稔余名姓？且余昨日乍睹芳容，静柔简淡，不同凡艳，又乌可与佻挞下流，同日而语！余且行且思，不觉已重至碧纱窗下，呆立良久，都无动定。余方沉吟，谓彼小娃，殆戏我耶？继又迹彼昨日之言，一一出之至情，然则又胡容疑者？

无何，风雨稍止，僮娃果启扉出，不言亦不笑，行至吾前，第以双手出一纸函见授。余趣接之，觉物压余手颇重。余方欲发问，而僮娃旋踵已去。余亟擘函视之，累累者，金也。

余心滋惑，于是细察函中，更有银管乌丝，盖贻余书也。嗟夫！读者，余观书讫，惨然魂摇，心房碎矣！书曰：

妾雪梅将泪和墨，裣衽致书于三郎足下：

先是人咸谓君已披剃空山，妾以君秉坚孤之性，故深信之，悲号几绝者屡矣！静夜思君，梦中又不识路，命也如此，夫复奚言！迩者连朝于卖花声里，惊辨此音，酷肖三郎心声。盖妾婴年，尝之君许，一挹清光，景状至今犹藏心坎也。迨侵晨隔窗一晤，知真为吾三郎矣。当此之时，妾觉魂已离舍，流荡空际，心亦腾涌弗止，不可自持。欲亲自陈情于君子之前，又以干于名义，故使侍儿冒昧进诘，以渎清神，还望三郎怜而恕妾。妾自生母弃养，以至今日，伶仃愁苦，已无复生人之趣。继母孤恩，见利忘义，怂老父以前约可欺，行思以妾改嫔他姓。嗟夫！三郎，妾心终始之盟，固不忒也！若一旦妾身见抑于父母，妾只有自裁以见志。妾虽骨化形销至千万劫，犹为三郎同心耳。上苍曲全与否，弗之问矣！不图今日复睹尊颜，知吾三郎无恙，深感天心慈爱，又自喜矣。呜呼！茫茫宇宙，妾舍君其谁属耶？沧海流枯，顽石尘化，微命如缕，妾爱不移。今以戋戋百金奉呈，望君即日买棹遄归，与太夫人图之。万转千回，惟君垂悯。

苫次不能细缕，伏维长途珍重。

雪梅者，余未婚妻也。然则余胡可忍心舍之，独向空山而去？读者殆以余不近情矣，实则余之所以出此者，正欲存吾雪梅耳。须知吾雪梅者，古德幽光，奇女子也。今请语吾读者：雪梅之父，亦为余父执，在余义父未逝之先，已将雪梅许我。后此见余义父家运式微，余生母复无消息，乃生悔心，欲爽前诺。雪梅固高抗无伦者，奚肯甘心负约？顾其生父继母，都不见恤，以为女子者，实货物耳，吾固可择其礼金高者而鬻之，况此权特操诸父母，又乌容彼纤小致一辞者？

雪梅是后，茹苦含辛，莫可告诉。所谓庶女之怨，惟欲依母氏于冥府，较在恶世为安。此非躬历其境者，不自知也。余年渐长，久不与雪梅相见，无由一证心量，然睹此情况，悲慨不可自聊。默默思量，只好出家皈命佛陀、达摩、僧伽，用息彼美见爱之心，使彼美享有家庭之乐。否则绝世名姝，必郁郁为余而死，是何可者？不观其父母利令智昏，宁将骨肉之亲，付之蒿里，亦不以嫔单寒无告之儿如余者。当时余固年少气盛，遂掉头不顾，飘然之广州常秀寺，哀祷赞初长老，摄受为“驱乌沙弥”，冀梵天帝释愍此薄命女郎而已。前书叙余在古刹中忆余生母者，盖后此数月间事也。

余自得雪梅一纸书后，知彼姝所以许我者良厚。是时心头辘辘，不能为定行止，竟不审上穷碧落，下极黄泉，舍吾雪梅而外，尚有何物。即余乳媪，以半百之年，一见彼姝之书，亦惨同身受，泪潸潸下。余此际神经，当作何状，读者自能得之。须知天下事，由爱而生者，无不以为难，无论湿、化、卵、胎四生，综以此故而入生死，可哀也已！

清明后四日，侵晨，晨曦在树，花香沁脑，是时余与潮儿母子别矣。以媪亦速余遄归将母，且谓雪梅之事，必力为余助。余不知所云，以报吾媪之德，但有泪落如瀋，乃将雪梅所赠款，分二十金与潮儿，为媪购羊裘之用。又思潮儿虽稚，侍亲至孝，不觉感动于怀，良不忍与之遽作分飞劳燕。忽回顾苑中花草，均带可怜颜色，悲从中来，徘徊饮泣。媪忽趣余曰：“三郎，行矣，迟则渡船解缆。”余此时遂抑抑别乳媪、潮儿而去。

二日已至广州，余登岸步行，思诣吾师面别。不意常秀寺已被新学暴徒毁为墟市，法器无存。想吾师此时，已归静室，乃即日午后易舟赴香江。翌晨。余理装登岸，即向罗弼牧师之家而去。牧师隶西班牙国，先是数年，携伉俪及女公子至此，构庐于太平山。家居不恒外出，第以收罗粤中古器及奇花异草为事。余特慕其人清幽绝俗，实景教中铮铮之士，非包藏祸心、思墟人国者，遂从之治欧文二载，故与余雅有情怀也。余既至牧师许，其女公子盈盈迎于堂上，牧师夫妇亦喜慰万状。迨余述生母消息及雪梅事竟，俱泪盈于睫。余万感填胸，即踞胡床而大哭矣。

后此四日，牧师夫妇为余置西服。及部署各事既竟，乃就余握别曰：“舟于正午启舷，孺子珍重，上帝必宠锡尔福慧兼修。尔此去可时以笺寄我。”语毕，其女公子曳蔚蓝文裾以出，颇有愁容。至余前殷殷握余手，亲持紫罗兰花及含羞草一束、英文书籍数种见贻。余拜谢受之。俄而海天在眼，余东行矣。

船行可五昼夜，经太平洋。斯时风日晴美，余徘徊于舵楼之上，茫茫天海，渺渺余怀。即检罗弼大家所贻书籍，中有莎士比尔，拜轮及室梨全集。余尝谓拜轮犹中土李白，天才也；莎士比尔犹中土杜甫，仙才也；室梨犹中土李贺，鬼才也。乃先展拜伦诗，诵《哈咯尔游草》，至末篇，有《大海》六章，遂叹曰：“雄浑奇伟，今古诗人，无其匹矣。”濡笔译为汉文如左：

皇涛澜汗　灵海黝冥　万艘鼓楫　泛若轻萍
芒芒九围　每有遗虚　旷哉天沼　匪人攸居
大器自运　振荡帛夆　岂伊人力　赫彼神工
罔象乍见　决舟没人　狂謈未几　遂为波臣
掩体无棺　归骨无坟　丧钟声嘶　逖矣谁闻
谁能乘蹻　履涉狂波　藐诸苍生　其奈公何
泱泱大风　立懦起罢　兹维公功　人力何衰
亦有雄豪　中原陵厉　自公匈中　擿彼空际
惊浪霆奔　慑魂愯神　转侧张皇　冀为公怜
腾澜赴厓　载彼微体　拚溺含弘　公何岂弟
摇山憾城　声若雷霆　王公黔首　莫不震惊
赫赫军艘　亦有浮名　雄视海上　大莫与京
自公视之　藐矣其形　纷纷溶溶　旋入沧溟
彼阿摩陀　失其威灵　多罗缚迦　壮气亦倾
傍公而居　雄国几许　西利佉维　希腊罗马
伟哉自由　公所锡予　君德既衰　耗哉斯土
遂成遗虚　公目所睹　以敖以娱　旛回涛舞
苍颜不皺　长寿自古　渺弥澶漫　滔滔不舍
赫如阳燧　神灵是鉴　别风淮雨　上临下监

扶摇羊角　　溶溶澹澹　　北极凝冰　　赤道淫滟
浩此地镜　　无裔无襜　　圆形在前　　神光奋闪
精魁变怪　　出尔泥淰　　回流云转　　气易舒惨
公之淫威　　忽不可验
苍海苍海　　余念旧恩　　儿时水嬉　　在公膺前
沸波激岸　　随公转旋　　淋淋翔潮　　媵余往还
涤我匈臆　　摄我精魂　　惟余与女　　父子之亲
或近或远　　托我元身　　今我来斯　　握公之鬖

余既译拜轮诗竟，循还朗诵。时新月在天，渔灯三五，清风徐来，旷哉观也。翌晨，舟抵横滨，余遂舍舟投逆旅，今后当叙余在东之事。

余行装甫卸，即出吾乳媪所授地址，以询逆旅主人。逆旅主人曰："是地甚迩，境绝严静，汽车去此可五站。客且歇一句钟，吾当为客购车票。吾阅人多矣，无如客之超逸者，诚宜至彼一游。今客如是急逼，殆有要事耶？"

余曰："省亲耳。"

午餐后，逆旅主人伴余赴车场，余甚感其殷渥。车既驶行，经二站，至一驿，名大船。掌车者向余言曰："由此换车，第一站为兼仓，第二站是已。"

余既换车，危坐车中，此时心绪，深形忐忑。自念于此顷刻间，即余骨肉重逢，母氏慈怀大慰，宁非余有生以来第一快事？忽又转念，自幼不省音耗，矧世事多变如此，安知母氏不移居他方？苟今日不获面吾生母，则飘泊人胡堪设想？

余心正怔忡不已，而车已停。余向车窗外望，见牌上书"逗子驿"三字，遂下车。余既出驿场，四瞩无有行人，地至萧旷，即雇手车向田亩间辚辚而去。时正寒凝，积冰弥望。如是数里，从山脚左转，即濒海边而行。但见渔家数处，群儿往来垂钓，殊为幽悄不嚣。车夫忽止步告余曰："是处即樱山，客将安往？”

余曰：“樱山即此耶？”遂下车携箧步行。

久之，至一处，松青沙白。方跂望间，忽遥见松阴夹道中，有小桥通一板屋，隐然背山面海，桥下流水触石，汩汩作声。余趣前就之，仰首见柴扉之侧，有标识曰：“相州逗子樱山村八番”。余大悦怿，盖此九字，即余乳媪所授地址。遂以手轻叩其扉，久之，阒如无人。寻复叩之，一妇人启扉出。

余见其襟前垂白巾一幅，审其为厨娘也。即问之曰：“幸恕唐突，是即河合夫人居乎？”

妇曰：“然。”

余曰：“吾欲面夫人，烦为我通报。”

妇踌躇曰：“吾主人大病新瘥，医者嘱勿见客，客此来何事，吾可代达主人”。

余曰：“主人即余阿母，余名三郎。余来自支那，今早始莅横滨，幸速通报。”

妇闻言，张目相余，自颅及踵，凝思移时，骇曰：“信乎，客三郎乎？吾尝闻吾主言及少主，顾存亡未卜耳。”

语已，遂入。久之，复出，肃余进。至廊下，一垂髫少女礼余曰：“阿兄归来大幸。阿娘病已逾月，侵晨人略清爽，今小睡已觉，请兄来见阿娘。”

于是导余登楼。甫推屏，即见吾母斑发垂垂，据榻而坐，以面迎余微笑。余心知慈母此笑，较之恸哭尤为酸辛万倍。余即趋前俯伏吾母膝下，口不能言，惟泪如潮涌，遽湿棉墩。此时但闻慈母咽声言曰：“吾儿无恙，谢上苍垂悯。三郎，尔且拭泪面余。余此病几殆，年迈人固如风前之烛，今得见吾儿，吾病已觉霍然脱体，尔勿悲切。”

言已，收泪扶余起，徐回顾少女言曰：“此尔兄也，自幼适异国，故未相见。”旋复面余曰：“此为吾养女，今年十一，少尔五岁，即尔女弟也，侍我滋谨，吾至爱之。尔阿姊明日闻尔归，必来面尔。尔姊嫁已两载，家事如毛，故不恒至。吾后此但得尔兄妹二人在侧，为况慰矣。吾感谢上苍，不任吾骨肉分飞，至有恩意也。”

慈母言讫，余视女弟依慈母之侧，泪盈于睫，悲戚不胜，此时景状，凄清极矣。少选，慈母复抚余等曰：“尔勿伤心，吾明日病瘳，后日可携尔赴谒王父及尔父墓所，祝呵护尔。吾家亲戚故旧正多，后此当带尔兄妹各处游玩。吾卧病已久，正思远行，一觇他乡风物。”

时厨娘亦来面余母，似有所询问。吾母且起且嘱余女弟曰：“惠子，且偕阿兄出前楼瞭望，尔兄仆仆征尘，苦矣。”已，复指厨娘顾余曰：“三郎，尔今在家中，诸事尽可遣阿竹理之。阿竹佣吾家十余载，为人诚笃，吾甚德之。”

吾母言竟下楼，为余治晚餐。余心念天下仁慈之心，无若母氏之于其子矣。遂随吾女弟步至楼前。时正崦嵫落日，渔父归舟，海光山色，果然清丽。忽闻山后钟声，徐徐与海鸥逐浪而去。女弟告余曰：“此神武古寺晚钟也。”

入夜，余作书二通：一致吾乳媪，一致罗弼牧师。二书均言余平安抵家，得会余母，并述余母子感谢前此恩德，永永不忘。余母复附寄百金与吾乳媪，且嘱其母子千万珍卫，良会自当有期。迨二书竟，余疲极睡矣。逾日既醒，红日当窗，即披衣入浴室。浴罢，登楼，见芙蓉峰涌现于金波之上，胸次为之澄澈。此日余母精神顿复，为余陈设各事无少暇。

余归家之第三日，天甫迟明，余母携余及弱妹趁急行车，赴小田原扫墓。是日阴寒，车行而密雪翻飞，途中景物，至为萧瑟。迨车抵小田原驿，雪封径途矣。荒村风雪中，固无牵车者，余母遂雇一村妇负余妹。又至驿旁，购鲜花一束。既已，余即扶将母氏步行可三里，至一山脚。余仰睇山顶积雪中，露红墙一角，余母以指示余曰：“是即龙山寺，尔祖及父之墓即在此。”

余等遂徐徐踏石磴而上。既近山门，有联曰：

蒲团坐耐江头冷　香火重生劫后灰

余心谓是联颇工整。方至殿中，一老尼龙钟出，与余母问讯叙寒暄毕，尼即往燃香，并携清水一壶，授余母。余与弱妹随阿母步至浮屠之后，见王父及先君两墓并立，四围绕以铁栅，栅外复立木柱。柱之四面，作悉昙文，书“地，水，火，风，空”五字，盖密宗以表大日如来之德者也。余与弱妹拾取松枝，将坟上积雪推去。余母以手提壶灌水，由墓顶而下。少选，汛洒严净，香花既陈，余母复摘长青叶一片，端置石案之中，命余等展拜。余拜已，掩面而哭。余母曰：“三郎，雪弥剧，余等遄归。”

余遂启目视坟台，积雪复盈三寸，新陈诸物，均为雪蔽。

余母以白纸裹金授老尼，即与告别，冒雪下山。余母且行且语余曰：“三郎，若姨昨岁卜居箱根，去此不远，今且与尔赴谒若姨。须知尔幼时，若姨爱尔如雏凤，一日不见尔，则心殊弗择。先时余携尔西行，若姨力阻；及尔行后，阿姨肝肠寸断矣。三郎知若姨爱尔之恩，弗可忘也。”

既至姨氏许，阍者通报，姨氏即出迓余母。已，复引领顾余问曰：“其谁家宁馨耶？”

余母指余笑答姨氏曰：“三郎也，前日才归家。”

姨氏闻言喜极曰：“然哉，三郎果生还耶？胡未驰电告我？”

言已，即以手扑余肩上雪花，徐徐叹曰：“哀哉三郎！吾不见尔十数载，今尔相貌犹依稀辨识，但较儿时消瘦耳。尔今罢矣，且进吾闼。”

遂齐进厅事，自去外衣。倏忽见一女郎，擎茶具，作淡装出，袅娜无伦。与余等礼毕。时余旁立谛视之，果清超拔俗也。第心甚疑骇，盖似曾相见者。姨氏以铁管剔火钵寒灰，且剔且言曰：“别来逾旬，使人系念。前日接书，始知吾妹就瘥，稍慰。今三郎归，诚如梦幻，顾我乐极矣！”

余母答曰：“谢姊关垂。身虽老病，今见三郎，心滋怡悦。惟此子殊可愍耳！”

此时女郎治茗既备，即先献余母，次则献余。余觉女郎此际瑟缩不知为底。姨氏知状，回顾女郎曰：“静子，余犹记三郎去时，尔亦知惜别，丝丝垂泪，尚忆之乎？”因屈指一算，续曰：“尔长于三郎二十有一月，即三郎为尔阿弟，尔勿踧踖作常态也。”

女郎默然不答，徐徐出素手，为余妹理鬓丝，双颊微生春晕矣。迨晚餐既已，余顿觉头颅肢体均热，如居火宅。是夜辗转不能成寐，病乃大作。

翌晨，雪不可止。余母及姨氏举屋之人，咸怏怏不可状，谓余此病匪细。顾余虽呻吟床褥，然以新归，初履家庭乐境，但觉有生以来，无若斯时欢欣也。于是一一思量，余自脱俗至今，所遇师傅、乳媪母子及罗弼牧师家族，均殷殷垂爱，无异骨肉。则举我前此之飘零辛苦，尽足偿矣。第念及雪梅孤苦无告，中心又难自恝耳。然余为僧及雪梅事，都秘而不宣，防余母闻之伤心也。兹出家与合婚二事，直相背而驰。余既证法身，固弗娶者，虽依慈母，不亦可乎？

方遐想间，余母与姨氏入矣。姨氏手持汤药，行至榻畔予余曰：“三郎，汝病盖为感冒。汝今且起服药，一二日后可无事。此药吾所手采。三郎，若姨日中固无所事，惟好去山中采药，亲制成剂，将施贫乏而多病者。须知世间医者，莫不贪财，故贫人不幸构病，只好垂手待毙，伤心惨目，无过于此。吾自顾遣此余年，舍此采药济人之事，无他乐趣。若村妇烧香念佛，吾弗为也。三郎，吾与汝母俱为老人类。谚云‘老者预为交代事’，盖谓人老只当替后人谋幸福，但自身劳苦非所计。顾吾子现隶海军，且已娶妇，亦无庸为彼虑。今兹静子，彼人最关吾怀。静子少失怙恃，依吾已十有余载，吾但托之天命。”

姨氏言至此，凝思移时，长喘一声，复面余曰：“三郎，先是汝母归来，不及三月，即接汝义父家中一信，谓三郎上山，为虎所噬。吾思彼方固多虎患，以为言实也。余与汝母，得此凶耗，一哭几绝，顿增二十余年老态。兹事亦无可如何，惟有晨夕祷告上苍，祝小子游魂，来归阿母。”

余倾听姨氏之言，厥声至惨，猛触宿恨，肺叶震震然，不知所可。久之，仰面见余母容仪，无有悲戚，即力制余悲，恭谨言曰：“铭感阿姨过爱。第孺子遭逢，不堪追溯，且已成过去陈迹，请阿姨阿母置之。儿后此晨昏得奉阿姨阿母慈祥颜色，即孺子喜幸当何如也！”

余言已，余母速余饮药。少选，上身汗出如注，惫极，帖然而卧。

余病四昼夜，始臻勿药。余母及姨氏举家喜形于色。时为三月三日，天气清新，余就窗次卷帘外盼，山光照眼，花鸟怡魂，心乃滋适。忽念一事，盖余连日晨醒，即觉清芬通余鼻观，以榻畔紫檀几上，必易鲜花一束，插胆瓶中，奕奕有光，花心犹带露滴。今晨忽见一翡翠襟针遗于几下，方悉其为彼姝之物，花固美人之贻也。余又顿忆前日似与玉人曾相识者，因余先在罗弼女士斋中，所见德意志画伯阿陀辅手缋《沙浮遗影》，与彼姝无少差别耳。方凝伫间，忽注目纱帘之下，陈设甚雅：有云石案作鹅卵形，上置鉴屏、银盒、笔砚、绛罗，一尘不着。旁有柚木书椟，状若鸽笼，藏书颇富。

余检之，均汉土古籍也。迨余回视左壁，复有小几，上置雁柱鸣筝，似尚有余音绕诸弦上。此时余始惊审此楼为彼姝妆阁，又心仪彼姝学邃，且翛然出尘，如藐姑仙子。

斯时，余正觉心中如有所念，移时，又怃然若失。忽见余母登楼，手中将春衣二袭，嘱余曰：“三郎，今兹寒威已退，尔试易此衣。”

余将衣接下，遂伴余母坐于蓝缎弹簧长椅之上。余母视余作慈祥之色，旋以手案余额问曰：“吾儿今晨何似？”

余曰：“儿无所苦，身略罢耳。阿娘以何日将余及妹宁家？余尚未面阿姊也。”

余母曰：“何时均可。吾初意俟尔病瘳即行，但若姨昨夕，苦苦留吾母子勿遽去。今晨已函报尔姊。盖若姨有切心之事，与我相量。苟尔居此舒泰，吾一时固无归意。尔知吾年已垂暮，生平亲属咸老，势必疏远，安能如盛年时往来无绝？吾今举目四顾，惟与若姨形影相吊耳。且若姨见尔，中心怡悦靡极，则尔住此，一若在家中可也。吾知尔性耽幽寂，居此楼最适。此楼向为静子所居，前日尔来，始移于楼下，与尔妹同室。三郎，尔居此，意若弗适者，尽可语我。”

余曰："敬遵娘言。阿姨屋外风物固佳，小住，于儿心滋乐也。"

此时侍者传言，晨餐已备，余母欣然趣余更衣下楼御膳。

余既随母氏至食堂，即鞠躬致谢阿姨厚遇之恩。姨氏以面迎余，欣欢万状，引首顾彼姝曰："托天之庇，三郎无恙矣。静子，尔趋前为三郎道晨安。"

瞬息，即见玉人翩若惊鸿，至余前，肃然为礼。而此际玉人密发虚鬟，丰姿愈见娟媚。余不敢回眸正视，惟心绪飘然，如风吹落叶，不知何所止。

余兄妹随阿娘羁旅姨氏家中，不啻置身天苑。姨氏固最怜余，余惟凡百恭谨，以奉阿姨阿母欢颜，自觉娱悦匪极。苟心有枨触，即倚树临流，或以书自遣。顾楼中所藏多宋人理学之书，外有梵章及驴文数种，已为虫蚀，不可辨析，俱唐本也。复次有汉译《婆罗多》及《罗摩延》二书，乃长篇叙事诗。二书汉土已失传矣，惟于《华严经》中偶述其名称，谓出自马鸣菩萨，今印度学人哆氏之英译《摩诃婆罗多族大战篇》，即其一也。

一时雁影横空，蝉声四彻。余垂首环行于姨氏庭苑鱼塘堤畔，盈眸廓落，沦漪泠然。余默念晨间，余母言明朝将余兄妹遄归，则此地白云红树，不无恋恋于怀。忽有风声过余耳，瑟瑟作响。余乃仰空，但见宿叶脱柯，萧萧下堕，心始耸然知清秋亦垂尽矣。遂不觉中怀惘惘，一若重愁在抱。想余母此时已屏挡行具，方思进退闲之轩，一看弱妹。步至石阑桥上，忽闻衣裙窸窣之声。

少选，香风四溢，陡见玉人靓妆，仙仙飘举而来，去余仅数武；一回青盼，徐徐与余眸相属矣。余即肃然鞠躬致敬。

尔时玉人双颊虽赪，然不若前此之羞涩，至于无地自容也。余少瞩，觉玉人似欲言而未言。余愈踧踖，进退不知所可，惟有俯首视地。久久，忽残菊上有物，映余眼帘，飘飘然如粉蝶，行将逾篱落而去。余趋前以手捉之，方知为蝉翼轻纱，落自玉人头上者。斯时余欲掷之于地，又思于礼微悖，遂将返玉人。玉人知旨，立即双手进接，以慧目迎余，且羞且发娇柔之声曰："多谢三郎见助。"

此为余第一次见玉人启其唇樱，贻余诚款，故余胶胶不知作何词以对。但见玉人口窝动处，又使沙浮复生，亦无此庄艳。此时令人真个消魂矣！

玉人寻复俯其颈，叶婉妙之音，微微言曰："三郎日来安乎？逗子气候温和，吾甚思造府奉谒，但阿母事集，恐岁内未能抽身耳。是间比逗子清严幽澈则一，惟气候悬绝，盖深山也。唐人咏罗浮诗云：'游人莫著单衣去，六月飞云带雪寒。'吾思此语移用于此，颇觉亲切有味，未知三郎以吾言有当不？"

余聆玉人词旨，心乃奇骇，唯唯不能作答，久乃恭谨言曰："谢阿姊分神及我。果阿姊见枉寒舍，俾稚弟朝夕得侍左右，垂纶于荒村寒牖，幸何如之！否则寒舍东西诗集不少，亦可挑灯披卷，阿姊得毋嫌软尘溷人？敢问阿姊喜诵谁家诗句耶？"

玉人低首凝思，旋即星眸瞩我，赧然答曰："感篆三郎盛意。所问爱读何诗，诚为笑话，须知吾固未尝学也。三郎既不以吾为渎，敢不出吾肝膈以告？且幸三郎有以教我。"遂累累如贯珠言曰："从来好读陈后山诗，亦爱陆放翁，惟是故国西风，泪痕满纸，令人心恻耳。比来读《庄子》及《陶诗》，颇自觉徜徉世外，可见此关于性情之学不少。三郎观吾书匮所藏多理学家言，此书均明之遗臣朱舜水先生所赠吾远祖安积公者。盖安积公彼时参与德川政事，执弟子礼以侍朱公，故吾家世受朱公之赐。吾家藏此书帙，已历二百三十余年矣。"

此语一发，余更愕然张目注视玉人。

玉人续曰："吾婴年闻先君道朱公遗事，至今历历不忘，吾今复述三郎听之。"于是长喟一声，即愀然曰："朱公以崇祯十七年，即吾国正保元年，正值胡人猖披之际，孑身数航长崎，欲作秦庭七日之哭，竟不果其志。迨万治三年，而明社覆矣。朱公以亡国遗民，耻食二朝之粟，遂流寓长崎，以其地与平户郑成功诞生处近也。后德川氏闻之，遣水户儒臣，聘为宾师，尤殚礼遇。公遂传王阳明学于吾国土，公与阳明固是同乡也。至今朱公遗墓，尚存茨城县久慈郡瑞龙山上，容日当导三郎，一往奠之，以慰亡国忠魂。三郎其有意乎？又闻公酷爱樱花，今江户小石川后乐园中，犹留朱公遗爱。此园系朱公亲手经营者。朱公以天和二年春辞世，享寿八十有三。公目清人腼然人面，疾之如仇。平日操日语至精，然当易箦之际，公所言悉用汉语，故无人能聆其临终垂训，不亦大可哀耶？”

玉人言已，仰空而唏，余亦凄然。二人伫立无语，但闻风声萧瑟。

忽有红叶一片，敲玉人肩上。玉人蹙其双蛾，状似弗惬，因俯首低声曰：“三郎，明朝行耶？胡弗久留？吾自先君见背，旧学抛荒已久。三郎在，吾可执书问难。三郎如不以弱质见弃，则吾虽凋零，可无憾矣。”

余不待其言之毕，双颊大赪，俯首至臆；欲贡诚款，又不工于词，久乃嗫嚅言曰：“阿母言明日归耳。阿姊恳恳如此，滋可感也。”

时余妹亦出自廊间，且行且呼曰：“阿姊不观吾袷衣已带耶？晚餐将备，曷入食堂乎？”

玉人让余先行，即信步随吾而入。是夕餐事丰美，逾于常日，顾余确不审为何味。饭罢，枯坐楼头，兀思余今日始见玉人天真呈露，且殖学滋深，匪但容仪佳也。即监守天阍之乌舍仙子，亦不能逾是人矣！思至此，忽而昂首见月明星稀，因诵亿翁诗曰：

千岩万壑无人迹，独自飞行明月中。

心为廓然。对月凝思，久久，回顾银烛已跋，更深矣，遂解衣就寝；复喟然叹曰：“今夕月华如水，安知明夕不黑云叆叇耶？”

余词未毕，果闻雷声隐隐，似发于芙蓉塘外，因亦戚戚无已。寻复叹曰：“云耶，电耶，雨耶，雪耶，实一物也，不过因热度之异而变耳。多谢天公，幸勿以柔丝缚我！”

明日，晨餐甫竟，余母命余易旅行之衣，且言姨氏亦携静子偕行。余闻言喜甚，谓可免黯然魂销之感。余等既登车室，玻璃窗上，霜痕犹在。余母及姨氏，指麾云树，心旷神怡。瞬息，闻天风海涛之声，不觉抵吾家矣。自是日以来，余循陔之余，静子亦彼此常见，但不久谈，莞尔示敬而已。

一日，细雨廉纤，余方伴余母倚阑观海，忽微微有叩镮声，少选，侍者持一邮筒，跪上余母。余母发函申纸，少选，观竟，嘱余言曰："三郎，此尔姊来笺也，言明日莅此，适逢夫子以明日赴京都，才能分身一来省我云。此子亦大可怜。"

言至此，微喟，续曰："谚云'养女徒劳'，不其然乎？女子一嫔夫家，必置其亲于脑后，即每逢佳节，思一见女面，亦非易易。此虽因中馈繁杂，然亦天下女子之心，固多忘所自也。昔有贫女，嫁数年，夫婿致富。女之父母，私心欣幸，方谓两口可以无饥矣。谁料不数日，女差人将其旧服悉还父母，且传语曰：'好女不着嫁时衣。'意讽嫁时奁具薄也。世人心理如是，安得不江河日下耶？"

余母言已，即将吾姊来书置桌上，以慈祥之色回顾余曰："三郎，晨来毋寒乎？吾觉凉生两臂。"

余即答曰："否。"

余母遂徐徐诏余曰："三郎，坐。"

余即坐。余母问曰："三郎，尔视静子何如人耶？"

余曰："慧秀孤标，好女子也。"

余母尔时舒适不可状，旋曰："诚然，诚然，吾亦极爱静子和婉有仪。母今有言，关白于尔，尔听之：三郎，吾决纳静子为三郎妇矣。静子长于尔二岁，在理吾不应尔。然吾仔细回环，的确更无佳偶逾是人者。顾静子父母不全，按例须招赘，始可袭父遗荫，然吾固可与若姨合居，此实天缘巧凑。若姨一切部署已定，俟明岁开春时成礼，破夏吾亦迁居箱根。兹事以情理而论，即若姨必婿吾三郎，中怀方释。盖若姨为托孤之人，今静子年事已及，无时不系之怀抱。顾连岁以来，求婚者虽众，若姨都不之顾。若姨之意，非关门地，第以世人良莠不齐，人心不古，苟静子不得贤夫子而侍，则若姨将何以自对？今得婿三郎，若姨重肩卸矣。"

余母言至此，凄然欲哭曰："三郎，老母一生寥寂，今行将见尔庆成嘉礼，即吾与若姨晚景，亦堪告慰。后此但托天命，吾知上苍必予尔两小福慧双修。”

余母方絮絮发言，余心房突突而跳。当余母言讫，余夷犹不敢遽答。正思将前此所历，径白余母，继又恐滋慈母之戚，非人子之道。心念良久，蕴泪于眶，微微言曰：“儿今有言奉干慈母听纳，盖儿已决心……”

余母急曰：“何谓？”

余曰：“儿终身不娶耳。”

余母闻言极骇，起立张目注余曰：“乌，是何言也！尔何所见而为此言？抑尔固执拗若是？此语真令余不解。尔年弱冠不娶，人其谓我何？若姨爱尔，不徒然耶？尔澄心思之，此语胡可使若姨听之者？矧静子恒为吾言，舍三郎无属意之人。尔前次恹恹病卧姨家，汤药均静子亲自煎调。怀诚已久，尚不知尔今竟岸然作是言也！”

余母言至末句，声愈严峻。余即敛涕言曰：“慈母谛听。儿抚心自问，固爱静子，无异骨肉；且深敬其为人，想静子亦必心知之。儿今兹恝然出是言者，亦非敢抗挠慈母及阿姨之命，此实出诸不得已之苦衷，望慈母恕儿稚昧。”

余母凄然不余答，久乃哀咽言曰：“三郎，尔当善体吾意。吾钟漏且歇，但望尔与静子早成眷属，则吾虽入土，犹含笑矣。”

余听母言，泪如瀑泻，中心自咎，诚不应逆堂上之命，致老母出此伤心之言，此景奚堪？余惶然少间，遽跪余母膝前，婉慰余母曰：“阿娘恕儿。儿诚不孝，儿罪重矣！后此惟有谨遵慈命。儿固不经事者，但望阿娘见恕耳。”

余母徐徐收泪，漫声应曰：“孺子当听吾言为是。古云：‘不信老人言，后悔将何及。’矧吾儿终身大事，老母安得不深思详察耶？当知娘心无一刻不为儿计也。即尔姊在家时，苟不从吾言，吾亦面加叱责而不姑息。今既归人，万事吾可不必过问。须知女心固外向，吾又何言？若静子则不然。彼姝性情娴穆，且有夙慧，最称吾怀，尔切勿以傅粉涂脂之流目之可耳。”

余母尚欲有言，适侍女跪白余母曰：“浴室诸事已备，此时刚十句钟也。”言毕，即去。

余母颜色开霁，抚余肩曰：“三郎，娘今当下楼检点冬衣，十一时方暇。尔去就浴。”

余此时知已宽慈母之忧，不禁怡然自得。仰视天际游丝，缓缓移去，雨亦遽止，余起易衣下楼就浴。

余浴毕，登楼面海，兀坐久之，则又云愁海思，袭余而来。当余今日，慨然许彼姝于吾母之时，明知此言一发，后此有无穷忧患，正如此海潮之声，续续而至，无有尽时。然思若不尔者，又将何以慰吾老母？事至于此，今但焉置吾身？

只好权顺老母之意，容日婉言劝慰余母，或可收回成命。如老母坚不见许，则历举隐衷，或卒能谅余为空门中人，未应蓄内。余抚心自问，固非忍人忘彼姝也。继余又思：日俗真宗，固许带妻，且于刹中行结婚礼式，一效景教然者。若吾母以此为言，吾又将何言说答余慈母耶？余反复思维，不可自聊，又闻山后凄风号林，余不觉惴惴其栗。因念佛言：“身中四大，各自有名，都无我者。”嗟乎！望吾慈母，切勿驱儿作哑羊可耳！

越日，余姊果来，见余不多言，但亦劝余曰：“吾弟随时随地须听母言。凡事毋以盛气自用，则人情世故，思过半矣。至尔谓终身不娶，自以为高，此直村竖恒态，适足笑煞人耳！三郎，尔后此须谨志吾言，勿贻人笑柄也。”

余唯唯而退。余自是以来，焦悚万状，定省晨昏，辄不久坐。尽日惴惴然，惟恐余母重提意向。余母每面余时，欢欣无已，似曾不理余心有闲愁万种。一日，余方在斋中下笔作画，用宣愁绪。既绘怒涛激石状，复次画远海波纹，已而作一沙鸥斜射堕寒烟而没。忽微闻叩镮声，继知吾妹，推扉言曰：“阿兄胡不出外游玩？”

余即回顾，忽而见静子作斜红绕脸之妆，携余妹之手，伫立门外，见余即鞠躬与余为礼。余遂言曰：“请阿姊进斋中小坐，今吾画已竟，无他事也。”

余言既毕，余妹强牵静子，径至余侧。静子注观余案上之画，少选，莞尔顾余言曰："三郎幸恕唐突。昔董源写江南山，李唐写中州山，李思训写海外山，米元晖写南徐山，马远、夏圭写钱塘山，黄子久写海虞山，赵吴兴写雪苕山；今吾三郎得毋写崖山耶？一胡使人见即翛然如置身清古之域，此诚快心洞目之观也。"

言已，将画还余。余受之，言曰："吾画笔久废，今兴至作此，不图阿姊称誉过当，徒令人增惭惕耳。"

静子复微哂，言曰："三郎，余非作客气之言也。试思今之画者，但贵形似，取悦市侩，实则宁达画之理趣哉？昔人谓画水能终夜有声，余今观三郎此画，果证得其言不谬。三郎此幅，较诸近代名手，固有瓦砾明珠之别，又岂待余之多言也？"

余倾听其言，心念世宁有如此慧颖者，因退立其后，略举目视之，鬓发腻理，纤秾中度。余暗自叹曰："真旷劫难逢者也。"

忽而静子回盼，赧赧然曰："三郎，此画能见媵否？三郎或不以余求在礼为背否？余观此景沧茫古逸，故爱之甚挚。今兹发问，度三郎能谅我耳。"

余即答曰："岂敢，岂敢，此画固不值阿姊一粲。吾意阿姊固精通绘事者，望阿姊毋吝教诲，作我良师，不宁佳乎？"

静子瑟缩垂其双睫，以柔荑之手，理其罗带之端，言曰："非然也。昔日虽偶习之，然一无所成，今惟行箧所藏《花燕》一幅而已。"

余曰："请问云何《花燕》？"

静子曰："吾家园池，当荷花盛开时，每夜有紫燕无算，巢荷花中，花尽犹不去。余感其情性，命之曰'花燕'，爰为之图。三郎，今容我检之来，第恐贻笑大方耳。"

余鞠躬对曰："请阿姊速将来，弟亟欲拜观。"

静子不待余言之毕，即移步鞠躬而去，轻振其袖，熏香扑人。余遂留余妹问之曰："何不闻阿母阿姊声音，抑外出耶？"

余妹答曰："然，阿姊约阿姨阿母俱出，谓往叶山观千贯松，兼有他事，顺道谒淡岛神社。已嘱厨娘，今日午膳在十二句半钟，并嘱吾语阿兄也。"

余曰："妹曷未同往？"

妹曰："不，静姊不往，故我亦不愿往。"

余顾余妹手中携有书籍，即诘之曰："何书？"

妹曰："此波弥尼八部书也。"

余曰："此为《梵文典》，吾妹习此乎？"

妹曰："静姊每日授余诵之，顾初学殊艰，久之渐觉醰醰有味。其句度雅丽，迥非独逸，法兰西，英吉利所可同日而语。"

余曰："然则静姊固究心三斯克列多文久矣。"

妹曰："静姊平素喜谈佛理，以是因缘，好涉猎梵章。尝语妹云：'佛教虽斥声论，然《楞伽》、《瑜伽》所说五法，曰相，曰名，曰分别，曰正智，曰真如，与波弥尼派相近。《楞严》后出，依于耳根圆通，有声论宣明之语。是佛教亦取声论，特形式相异耳。'"余听毕，正色语余妹曰："善哉，静姊果超凡入圣矣。吾妹谨随之学毋怠。"

余语吾妹既讫，私心叹曰："静子慧骨天生，一时无两，宁不令人畏敬？惜乎，吾固勿能长侍秋波也！"

已而静子盈盈至矣。静子手持缋绢一帧，至余前；余肃然起立，接而观之：莲池之畔，环以垂杨修竹，固是姨家风物，有女郎兀立，风采盎然，碧罗为衣，颇得吴带当风之致。

女郎挽文金高髻，即汉制飞仙髻也。俯观花燕，且自看妆映，翛然有出尘之姿，飘飘有凌云之概。余赞叹曰："美哉伊人！奚啻真真者？"

静子闻言，转目盼余，兼视余妹，莞尔言曰："究又奚能与三郎之言相副耶？且三郎安可以外貌取人？亦觇其中藏如何耳。画中人外观，似奕奕动人，第不能言，三郎何从谂其中心着何颜色者？"

余置其言弗答，续曰："画笔秀逸无伦，固是仙品。余生平博览丹青之士，咸弗能逮。嗟乎！衣钵尘土久，吾尚何言？今且据行云流水之描，的是吾姊戛戛独造，使余叹观止矣。阿姊端为吾师，吾何幸哉！”

静子此时，羞不能答，俯首须臾，委婉言曰：“三郎，胡为而作如是言？令浅尝者无地自容。但愿三郎将今日之画见赐，俾为临本，兼作永永纪念，以画中意况，亦与余身世吻合。迹君心情，宁谓非然者？”

余曰：“余久不复属意于画，盖已江郎才尽。阿姊自是才调过人，固应使我北面红妆，云何谓我妄言？”

静子含羞不余答。余亦无言，但双手擎余画献之，且无心而言曰：“敬乞吾畏友哂存，聊申稚弟倾服之诚，非敢言画也。”

静子欣然曰：“三郎此言，适足以彰大作之益可贵耳。”言已，即平铺袖角，端承余画，以温厚之词答曰：“敬谢三郎。三郎无庸以畏友外我。今得此画，朝夕对之，不敢忘锡画人也。”

是夕，微月已生西海，水波不兴。余乃负杖出门，随步所之，遇渔翁，相与闲话，迄翁收拾垂纶，余亦转身归去。时夜静风严，余四顾，舍海曲残月而外，别无所睹。及去余家仅丈许，瞥见有人悄立海边孤石之旁，静观海面，余谛瞩倩影亭亭，知为静子，遂前叩之曰：“立者其吾阿姊乎？”

静子闻余声，却至欣悦，急回首应曰：“三郎，归何晏？独不避海风耶？吾迟三郎于此久矣。三郎出时可曾加衣否？向晚气候，不比日间，恐非三郎所胜，不能使人无戚戚于中。三郎善自珍摄，寒威滋可畏也。”

余即答曰：“感谢吾姊关垂。天寒夜寂，敬问吾姊于此，沉沉何思？女弟胡未奉侍左右？”

静子则柔声答曰：“区区弱质，奚云惜者？今余方自家中来，姨母、令姊、令妹及阿母，咸集厨下制瓜团粉果，独余偷闲来此，奉候三郎。三郎归，吾心至适。”

余重谢之曰：“深感阿姊厚意见待，愧弗克当。望阿姊次回，毋冒夜以伫我。吾姊恩意，特恐下走不称消受耳。”

余言毕，举步欲先入门，静子趣前娇而扶将曰：“三郎且住。三郎悦我请问数言乎？”

余曰：“何哉？姊胡为客气乃尔？阿姊欲有下回，稚弟固无不愿奉白者也。”

静子踌躇少间，乃出细腻之词，第一问曰：“三郎，迩来相见，颇带幽忧之色，是何故者？是不能令人无郁拂。今愿窃有请耳。”

余此时心知警兆，兀立不语。静子第二问曰：“三郎可知今日阿母邀姨母同令姊，往礼淡岛明神，何因也？吾思三郎必未之审。”

余闻语茫然，瞠不能答，旋曰：“果如阿姊言，未之悉也。”

静子低声而言，其词断续不可辨，似曰：“三郎鉴之，总为君与区区不肖耳。

余胸震震然，知彼美言中之骨也。余正怔忡间，转身稍离静子所立处，故作漫声指海面而言曰：“吾姊试谛望海心黑影，似是鱼舸经此，然耶？否耶？”

静子垂头弗余答。少选，复步近余胸前，双波略注余面。

余在月色溟濛之下，凝神静观其脸，横云斜月，殊胜端丽。此际万籁都寂，余心不自镇；既而昂首瞩天，则又乌云弥布，只余残星数点，空摇明灭。余不觉自语曰：“吁！此非人间世耶？今夕吾何为置身如是景域中也？”

余言甫竟，似有一缕吴绵，轻温而贴余掌。视之，则静子一手牵余，一手扶彼枯石而坐。余即立其膝畔，而不可自脱也。久之，静子发清响之音，如怨如诉曰：“我且问三郎，先是姨母，曾否有言关白三郎乎？”

余此际神经已无所主，几于膝摇而牙齿相击，垂头不敢睇视，心中默念，情网已张，插翼难飞，此其时矣。

但闻静子连复同曰：“三郎乎，果阿姨作何语？三郎宁勿审于世情者，抑三郎心知之，故弗背言？何见弃之深耶？余日来见三郎愀然不欢，因亦不能无渎问耳。”

余乃力制惊悸之状，嗫嚅言曰：“阿娘向无言说，虽有，亦已依稀不可省记。”

余言甫发，忽觉静子筋脉跃动，骤松其柔荑之掌。余知其心固中吾言而愕然耳。余正思言以他事，忽而悲风自海面吹来，乃至山岭，出林薄而去。余方凝伫间，静子四顾惶然，即襟间出一温香罗帕，填余掌中，立而言曰：“三郎，珍重。此中有绣角梨花笺，吾婴年随阿母挑绣而成，谨以奉赠，聊报今晨杰作。君其纳之。此闲花草，宁足云贡？三郎其亦知吾心耳！”

余乍闻是语，无以为计。自念拒之于心良弗忍；受之则睹物思人，宁可力行正照，直证无生耶？余反复思维，不知所可。静子故欲有言，余陡闻阴风怒号，声震十方，巨浪触石，惨然如破军之声。静子自将笺帕袭之，谨纳余胸间。既讫，遽握余臂，以腮熨之，嘤嘤欲泣曰：“三郎受此勿戚，愿苍苍者祐吾三郎无恙。今吾两人同归，朝母氏也。”余呆立无言，惟觉胸间趯趯而跃。静子娇不自胜，挽余徐行。及抵斋中，稍觉清爽，然心绪纷乱，废弃一切。此夜今时，因悟使不析吾五漏之躯，以还父母，又哪能越此情关，离诸忧怖耶？

翌朝，天色清朗，惟气候遽寒，盖冬深矣。余母晨起，即部署厨娘，出馎饦，又陈备饮食之需。既而齐聚膳厅中，欢声腾彻。余始知姊氏今日归去。静子此际作魏代晓霞妆，余发散垂右肩，束以硒带，迥绝时世之装，腼腆与余为礼，益增其冷艳也。余既近炉联坐，中心滋耿耿，以昨夕款语海边之时，余未以实对彼姝故耳。已而姊氏辞行，余见静子拖百褶长裙，手携余妹送姊氏出门。余步跟其后，行至甬道中，余母在旁，命余亦随送阿姊。

静子闻命，欣然即转身为余上冠杖。余曰：“谨谢阿姊，待我周浃。”

余等齐行，送至驿上，展軨车发，遂与余姊别。归途惟静子及余兄妹三人而已。

静子缓缓移步，远远见农人治田事，因出其纤指示余，顺口吟曰：“‘采菱辛苦废犁锄，血指流丹鬼质枯。无力买田聊种水，近来湖面亦收租。’三郎，此非范石湖之诗欤？在宋已然，无怪吾国今日赋税之繁且重，吾为村人生无限悲感耳。”

静子言毕，微喟，须臾忽绛其颊，盼余问曰：“三郎得毋劳顿？日来身心，亦无患耶？吾晨朝闻阿母传言，来周过已，更三日，当挈令妹及余归箱根。未审于时三郎可肯重尘游屐否？”

余闻言，万念起落，不即答，转视静子，匿面于绫伞流苏之下，引慧目迎余，为状似甚羞涩。余曰：“如阿娘行，吾必随叩尊府。”

余言已，复回顾静子眉端隐约见愁态。转瞬，静子果蕴泪于眶，嘤然而呻曰：“吾晨来在膳厅中，见三郎胡乃作戚戚容？得毋玉体违和？敢希见告耳。苟吾三郎有何伤感，亦不妨掬心相示，幸毋见外也。”

余默默弗答。静子复微微言曰：“君其怒我乎？胡靳吾请？”

余停履抗声答曰：“心偶不适，亦自不识所以然。劳阿姊询及，惭惕何可言？万望阿姊饶我。”

余且行且思，赫然有触于心，弗可自持，因失声呼曰：“吁！吾滋愧悔于中，无解脱时矣！”

余此时泪随声下。静子虽闻余言，殆未见窥余命意所在，默不一语。继而容光惨悴，就胸次出丹霞之巾，授余揾泪，慰藉良殷，至于红泪沾襟。余暗惊曰：“吾两人如此，非寿征也！”

旁午，始莅家庭，静子与余都弗进膳。

余姊行后，忽忽又三日矣。此日大雪缤纷，余紧闭窗户，静坐思量，此时正余心与雪花交飞于茫茫天海间也。余思久之，遂起立徘徊，叹曰：“苍天，苍天，吾胡尽日怀抱百忧于中，不能自弭耶？学道无成，而生涯易尽，则后悔已迟耳。”

余谛念彼姝，抗心高远，固是大善知识，然以眼波决之，则又儿女情长，殊堪畏怖。使吾身此时为幽燕老将，固亦不能提刚刀慧剑，驱此婴婴宛宛者于漠北。吾前此归家，为吾慈母，奚事一逢彼姝，遽加余以尔许缠绵婉恋，累余虱身于情网之中，负己负人，无有是处耶？嗟乎，系于情者，难平尤怨，历古皆然。吾今胡能没溺家庭之恋，以闲愁自戕哉？佛言：“佛子离佛数千里，当念佛戒。”吾今而后，当以持戒为基础，其庶几乎。余轮转思维，忽觉断惑证真，删除艳思，喜慰无极。决心归觅师傅，冀重重忏悔耳。第念此事决不可以禀白母氏，母氏知之，万不成行矣。

忽而余妹手托锦制瓶花入，语余曰：“阿兄，此妹手造慈溪派插花，阿兄月旦，其能有当否？”

余无言，默视余妹，心忽恫楚，泪盈余睫，思欲语以离家之旨，又恐行不得也。迄吾妹去后，余心颤不已，返身掩面，成泪人矣。

此夕，余愁绪复万叠如云，自思静子日来恹恹，已有病容。迹彼情词，又似有所顾虑，抑已洞悉吾隐衷，以我为太上忘情者欤？今既不以礼防为格，吾胡不亲过静子之室，叙白前因，或能宥我。且名姝深愫，又何可弃捐如是之速者？思已，整襟下楼，缓缓而行。及至廊际，闻琴声，心知此吾母八云琴，为静子所弹，以彼姝喜调《梅春》之曲也。至“夜迢迢，银台绛蜡，伴人垂泪”句，忽而双弦不谱，音变滞而不延，似为泪珠沾湿。迄余音都杳，余已至窗前，屏立不动。

乍闻余妹言曰：“阿姊，晨来所治针黹，亦已毕业未？”

静子太息答余妹曰：“吾欲为三郎制领结，顾累日未竟，吾乃真孺稚也。”

余既知余妹未睡，转身欲返，忽复闻静子凄声和泪，细诘余妹曰：“吾妹知阿兄连日胡因郁郁弗舒，恒露忧思之状耶？”

余妹答曰：“吾亦弗审其由。今日尚见阿兄独坐斋中，泪潸潸下，良匪无以。妹诚愕异，又弗敢以禀阿娘。吾姊何以教我慰阿兄耶？”

静子曰：“顾乃无术。惟待余等归期，吾妹努力助我，要阿兄同行，吾宁家，则必有以舒阿兄郁结。阿兄莅吾家，兼可与吾妹剧谈破寂，岂不大妙？不观阿兄面庞，近日十分消瘦，令人滋恨恨。今有一言相问吾妹：妹知阿母、阿姨，或阿姊，向有何语吩咐阿兄否？”

余妹曰：“无所闻也。”

静子不语。久之，微呻曰："抑吾有所开罪阿兄耶？余虽勿慧，曷遂相见则……"言至此，噫焉而止。复曰："待明日，但乞三郎加示喻耳。"

静子言时，凄咽不复成声。余猛触彼美沛然至情，万绪悲凉，不禁唏嘘泣下，乃归，和衣而寝。

天将破晓，余忧思顿释，自谓觅得安心立命之所矣。盥漱既讫，于是就案搦管构思，怃然少间，力疾书数语于笺素云：

静姊妆次：

鸣呼，吾与吾姊终古永诀矣！余实三戒俱足之僧，永不容与女子共住者也。吾姊盛情殷渥，高义干云，吾非木石，云胡不感？然余固是水曜离胎，遭世有难言之恫，又胡忍以飘摇危苦之躯，扰吾姊此生哀乐耶？今兹手持寒锡，作远头陀矣。尘尘刹刹，会面无因。伏维吾姊，贷我残生，夫复何云？倏忽离家，未克另禀阿姨、阿母，幸吾姊慈悲哀愍，代白此心；并婉劝二老切勿悲念顽儿身世，以时强饭加衣，即所以怜儿也。幼弟三郎含泪顶礼。

书毕，即易急装，将笺暗纳于鞴骨细盒之内。盒为静子前日盛果媵余，余意行后，静子必能检盒得笺也。摒挡既毕，举目见壁上铜钟，锵锵七奏，一若催余就道者。此时阿母、阿姨咸在寝室，为余妹理衣饰。静子与厨娘、女侍，则在厨下都弗余觉。余竟自辟栅潜行。行数武，余回顾，忽见静子亦匆匆踵至，绿鬓垂于耳际，知其还未栉掠，但仓皇呼曰："三郎，侵晨安适？夜来积雪未消，不宜出行。且晨餐将备，曷稍待乎？"

余心为赫然，即脱冠致敬，恭谨以答曰："近日疏慵特甚，忘却为阿姊道晨安，幸阿姊恕之。吾今日欲观白泷不动尊神，须趁雪未融时往耳。敬乞阿姊勿以稚弟为念。"

静子趣近余前，愕然作声问曰："三郎颜色，奚为乍变？得毋感冒？"言毕，出其腻洁之手，按余额角，复执余掌言曰：

“果热度腾涌。三郎此行可止，请速归家，就榻安歇，待吾禀报阿母。”言时声颤欲嘶。

余即陈谢曰：“阿姊太过细心，余惟觉头部微晕，正思外出，吸取清气耳。望吾姊勿尼吾行。二小时后，余即宁家，可乎？”

静子以指掠其鬓丝，微叹不余答；久乃娇声言曰：“然则，吾请侍三郎行耳。”

余急曰：“何敢重烦玉趾，余一人行道上，固无他虑。”

静子似弗怿，含泪盼余，喟然答曰：“否。粉身碎骨，以卫三郎，亦所不惜，况区区一行耶？望三郎莫累累见却，即幸甚矣。”

余更无词固拒，权伴静子逡巡而行。道中积雪照眼，余略顾静子芙蓉之靥，衬以雪光，庄艳绝伦，吾魂又为之奭然而摇也。静子频频出素手，谨炙余掌，或扪余额，以觇热度有无增减。俄而行经海角砂滩之上，时值海潮初退，静子下其眉睫，似有所思。余瞩静子清癯已极，且有泪容，心滋恻怅，遂扶静子腰围，央其稍歇。静子脉脉弗语，依余憩息于细软干沙之上。

此时余神志为爽，心亦镇定，两鬓热度尽退，一如常时，但静默不发一言。静子似渐释其悲哽，尚复含愁注视海上波光。久久，忽而扶余臂愀然问曰：“三郎，何思之深也？三郎或勿讶吾言唐突耶？前接香江邮筒，中附褪红小简，作英吉利书，下署罗弼氏者，究属谁家扫眉才子？可得闻乎？吾观其书法妩媚动人，宁让簪花格体？奈何以此蟹行乌丝，惑吾三郎，怏怏至此田地？余以私心决之，三郎意似怜其薄命如樱花然者。三郎今兹肯为我倾吐其详否耶？”

余无端闻其细腻酸咽之词，以余初不宿备，故噤不能声。

静子续其声韵曰：“三郎，胡为缄口如金人？固弗容吾一闻芳讯耶？”

余遂径报曰：“彼马德利产，其父即吾恩师也。”

静子闻言，目动神慌，似极惨悸，故迟迟言曰：“然则彼人殆绝代丽姝，三郎固岂能忘怀者？”

言毕，哆其唇樱，回波注睇吾面，似细察吾方寸作何向背。余略引目视静子，玉容瘦损，忽而慧眼含红欲滴。余心知此子固天怀活泼，其此时情波万叠而中沸矣。余情况至窘，不审将何词以答。少选，遽作庄容而语之曰：“阿姊当谅吾心，絮问何为？余实非有所恋恋于怀。顾余素鞅鞅不自聊者，又非如阿姊所料。余周历人间至苦，今已绝意人世，特阿姊未之知耳。”

余言毕，静子挥其长袖，掩面悲咽曰：“宜乎三郎视我，漠若路人，余固乌知者？”已而复曰：“嗟乎！三郎，尔意究安属？心向丽人则亦已耳，宁遂忍然弗为二老计耶？”

余聆其言，良不自适，更不忍伤其情款。所谓藕断丝连，不其然欤？余遂自绾愁丝，阳慰之曰：“稚弟胡敢者？适戏言耳，阿姊何当介蒂于中，令稚弟惶恐无地。实则余心绪不宁，言乃无检。阿姊爱我既深，尚冀阿姊今以恕道加我，感且无任耳！阿姊其见宥耶？”

静子闻余言，若喜若忧，垂额至余肩际，方含意欲申，余即抚之曰：“悲乃不伦，不如归也。”

静子愁愫略释，盈盈起立，捧余手重复亲之，言曰：“三郎记取：后此无论何适，须约我偕行，寸心释矣。若今晨匆匆自去，将毋令人悬念耶？”

余即答曰：“敬闻命矣。”

静子此时俯身，拾得虹纹贝壳，执玩反复，旋复置诸沙面，为状似甚乐也。已而骈行，天忽阴晦，欲雪不雪，路无行人。静子且行且喟。余栗栗惴惧不已，乃问之曰：“阿姊奚叹？”

静子答曰：“三郎有所不适，吾心至慊。”

余曰：“但愿阿姊宽怀。”

此时已近由脚孤亭之侧，离吾家只数十武，余停履谓曰：“请阿姊先归，以慰二老。小弟至板桥之下，拾螺蛤数枚，归贻妹氏，容缓二十分钟宁家。第恐有劳垂盼。阿姊愿耶？否耶？”

静子曰：“甚善。余先归为三郎传朝食。”

言毕，握余手略鞠躬言曰："三郎，早归。吾偕令妹伫伺三郎，同御晨餐。今夕且看明月照积雪也。"

余垂目细瞻其雪白冰清之手，微现蔚蓝脉线，良不忍遽释，惘然久立，因曰："敬谢阿姊礼我。"

余目送静子珊珊行后，喟然而叹曰："甚矣，柔丝之绊人也！"

余自是力遏情澜，亟转山脚疾行。渐前，适有人夫牵空车一辆，余招而乘之，径赴车站。购票讫，汽车即发。二日半，经长崎，复乘欧舶西渡。余方豁然动念，遂将静子曩日所媵凤文罗简之属，沉诸海中，自谓忧患之心都泯。

更二日，抵上海，余即日入城，购僧衣一着易之，萧然向武林去，以余素慕圣湖之美，今应顺道酬吾夙愿也。既至西子湖边，盈眸寂乐，迥绝尘寰。余复泛瓜皮舟，之茅家埠。

既至，余舍舟，肩挑被席数事，投灵隐寺，即宋之问"楼观沧海日，门对浙江潮"处也。余进山门，复至客堂，将行李放堂外左边，即自往右边鹄立。

久久，有知客师出问曰："大师何自而来？"

余曰："从广州来。"

知客闻言欣然曰："广东富饶之区也。"

余弗答，摩襟出牒示之。知客审视牒讫，复欣然导余登南楼安息。余视此楼颇广，丁方可数丈，楼中一无所有，惟灰砖数方而已。

迨薄暮，斋罢，余急就寝，即以灰砖代枕。入夜，余忽醒，弗复成寐，又闻楼中作怪声甚厉。余心惊疑是间有鬼，惨栗不已，急以绒毡裹头，力闭余目，虽汗出如瀋，亦弗敢少动。漫漫长夜，不胜苦闷。天甫迟明，闻钟声，即起，询之守夜之僧，始知楼上向多松鼠，故发此怪声，来往香客，无不惊讶云。

晨粥既毕，主持来嘱余曰："师远来，晨夕无庸上殿，但出山门扫枯叶柏子，聚而焚之。"

余曰："谨受教。"

过午，复命余将冷泉亭石脚衰草剔净。如是安居五日过已，余颇觉翛然自得，竟不识人间有何忧患，有何恐怖。听风望月，万念都空。惟有一事，不能无憾：以是间风景为圣湖之冠，而冠盖之流，往来如鲫，竟以清净山门，为凡夫俗子宴游之区，殊令人弗堪耳。

余一日无事，偶出春淙亭眺望，忽见壁上新题，墨痕犹湿。余细视之，即《捐官竹枝词》数章也，其词曰：

二品加衔四品阶，皇然绿轿四人抬。
黄堂半跪称卑府，白简通详署宪台。
督抚请谈当座揖，臬藩接见大门开。
便宜此日称观察，五百光洋买得来。
大夫原不会医生，误被都人唤此名。
说梦但求升道府，升阶何敢望参丞。
外商吏礼皆无分，兵户刑工浪挂名。
一万白银能报效，灯笼马上换京卿。
一麾分省出京华，蓝顶花翎到处夸。
直与翰林争俸满，偶兼坐办望厘差。
大人两字凭他叫，小考诸童听我枷。
莫问出身清白否，有钱再把道员加。
工赈捐输价便宜，白银两百得同知。
官场逢我称司马，照壁凭他画大狮。
家世问来皆票局，大夫买去署门楣。
怪他多少功牌顶，混我胸前白鹭鹚。
八成遇缺尽先班，铨补居然父母官。
刮得民膏还夙债，掩将妻耳买新欢。
若逢苦缺还求调，偏想诸曹要请安。

别有上台饶不得，一年节寿又分餐。
补褂朝珠顶似晶，冒充一个状元郎。
教官都作加衔用，般户何妨苦缺当。
外放只能抡刺史，出身原是做厨房。
可怜裁缺悲公等，丢了金钱要发狂。
小小京官不足珍，素珠金顶亦荣身。
也随编检称前辈，曾向王公作上宾。
借与招牌充薙匠，呼来雅号冒儒臣。
衔条三字翰林院，诳得家人唤大人。

余读至此，谓其词雅谑。首章指道员，其二郎中，其三知府，其四同知，其五知县，其六光禄寺署丞，其七待诏，惜末章为风雨剥灭，不可辨，只剩：

天丧斯文人影绝，官多捷径士心寒。

一联而已。此时科举已废，盖指留学生而言也。

余方欲行，适有少年比丘，负囊而来。余观其年，可十六七，面带深忧极恨之色。见余即肃容合十，向余而言曰：

“敬问阿师，此间能容我挂单否乎？”

余曰：“可，吾导尔至客堂。”

比丘曰：“阿弥陀佛。”

余曰：“子来从何许？观子形容，劳困已极，吾请助子负囊。”

比丘颦蹙曰：“谢师厚意。吾果困顿，如阿师言。吾自湖南来者，吾发愿参礼十方，形虽枯槁，第吾心中懊恼，固已净尽无余，且勿知苦为何味也。”

晚上比丘与余同歇楼上，余视其衣单，均非旧物，因意其必新剃度，又一望可知其中心实有千端愁恨者。遂叩之曰：“子出家几载？”

比丘聆余言，沉思久之，凄然应余曰：“吾削发仅月余耳。阿师待我殊有礼义，中心宁弗感篆？我今且语阿师以吾何由而出家者。

“吾恨人也，自幼失怙恃。吾叔贪利，鬻余于邻邑巨家为嗣。一日，风雨凄迷，余静坐窗间，读《唐五代词》，适邻家有女，亦于斯时当窗刺绣。余引目望之，盖代容华，如天仙临凡也。然余初固不敢稍萌妄念。忽一日，女缮一小小蛮笺，以红线轻系于蜻蜓身上，令徐徐飞入余窗。盖领窗与余窗斜对，仅离六尺，下有小河相界耳。余得笺，循还雒诵，心醉其美，复艳其情，因叹曰：‘吾何修而能枉天仙下盼耶？’由是梦魂，竟被邻女牵系，而不能自作主持矣。此后朝夕必临窗对晤，且馈余以锦绣文房之属。吾知其家贫亲老，亦厚报之以金，如是者屡矣。

“一日，女复自绣秋海棠笔袋，实以旃檀香屑见贶。余感邻女之心，至于万状，中心自念，非更得金以酬之，无以自对良心也。顾此时阮囊羞涩，遂不获已，告贷于厮仆。不料仆阳诺而阴述诸吾义父之前。翌晨，义父严责余曰：‘吾素爱汝，汝竟行同浪子耶？吾家断无容似汝败行之人，汝去！’义父言毕，即草一函，嘱余挈归，致吾叔父。余受函入房，女犹倚窗迎余含笑。余正色告之曰：‘今日见摈于老父，后此何地何时，可图良会耶？’

“女聆余言，似不欢，怫然竖其一指，逡巡答余曰：‘今夕无月，君于十一句钟，以舴艋至吾屋后。君能之乎？’余亟应曰：‘能之。’

“余既领香谕，自以为如天之福也，即归至家。叔父诘余曰：‘汝语我，将钱何所用，赌耶？交游无赖耶？’余惟恭默，不敢答一辞，恐直言之，则邻女声名瓦解，是何可者？俄顷，叔父复问曰：‘汝究与谁人赌耶？’余弗答如故。遂益中吾叔父之怒，乃以桐城烟斗，乱剥余肩。余忍痛不敢少动，又不敢哭。

“黄昏后，余潜取邻舍渔舟，肩痛不可忍，自念今夕不行，将负诺，则痛且死，亦安能格我者？遂勉力摇舟，欸乃而去。及至其宅，刚九句钟，余心滋慰，竟忘痛楚。停桡于屋角。待久之，不见人影，良用焦忧。忽骤雨如覆盆，余将孤艇驶至墙缘芭蕉之下，冒风雨而立，直至四更，亦复杳然。余心知有变，跃身入水，无知觉已。

“迄余渐醒，四瞩竹篱茅舍，知为渔家。一翁一媪，守余侧，频以手按余胸次，甚殷。余突然问曰：‘叟及夫人拯吾命耶？然余诚无面目，更生人世。’“媪曰：‘悲哉，吾客也！客今且勿言。天必祐客平安无事，吾谢天地。’

“余闻媪言辞温厚，不觉堕泪，悉语以故。媪白发婆娑，摇头叹曰：‘天下负心人儿，比比然也。客今后须知自重。’

“叟曰：‘勉乎哉，客今回头是岸，佳也。’

“余收泪跪别翁媪而行，莫审所适，悲腾恨溢，遂入岳麓为僧。乃将腰间所系海棠笔袋并香屑葬于飞来钟树脚之侧。后此附商人来是间。今兹茫茫宇宙，又乌睹所谓情，所谓恨耶？”

余闻湘僧言讫，历历忆及旧事，不能宁睡。忽依稀闻慈母责余之声，神为耸然而动，泪满双睫，顿发思家之感。翌朝，余果病不能兴。湘僧晨夕为余司汤药粥施各事，余辄于中夜感极涕零，遂与湘僧为患难交。后此湘僧亦备审吾隐恫，形影相吊，无片刻少离。余病兼旬，始护清健，能扶杖出山门眺望，潭映疏钟，清人骨髓。

忽一日，监院过余言曰：“明日中元节，城内麦家有法事，首座命衲应赴，并询住僧之中，谁合选为同伴者。衲以师对，首座喜甚。道师沉静寡言，足庄山门风范，能起十方宗仰。且麦氏亦岭南人，以师款洽，较他人方便，此吾侪不得不借重于吾师也。”

余答曰：“余出家以来，未尝习此，舍《香赞》、《心经》、《大悲咒》而外，一无所能，恐辱命，奈何？”

监院曰：“瑜伽炮口，只此亦够。尚有侍者三人，于诸事殊练达。师第助吾等敲木鱼及添香剪烛之外，无多劳。万望吾师勿辞辛苦，则常住增光矣。”

余不获已，允之。监院欣然遂去。余语湘僧曰：“此无益于正教，而适为人鄙夷耳。应赴之说，古未之闻。昔白起为秦将，坑长平降卒四十万。至梁武帝时，志公智者，提斯悲惨之事，用警独夫好杀之心，并示所以济拔之方。武帝遂集天下高僧，建水陆道场七昼夜，一时名僧，咸赴其请。应赴之法，自此始。

“余尝考诸《内典》：昔佛在世，为法施生，以法教化四生。人间天上，莫不以五时八教，次第调停而成熟之；诸弟子亦各分化十方，恢弘其道。迨佛灭度后，阿难等结集《三藏》，流通法宝。至汉明帝时，佛法始入震旦。唐宋以后，渐入浇漓，取为衣食之资，将作贩卖之具。嗟夫，异哉！自既未度，焉能度人？譬如下井救人，二俱陷溺。且施者，与而不取之谓；今我以法与人，人以财与我，是谓贸易，云何称施？况本无法与人，徒资口给耶？纵有虔诚之功，不赎贪求之过。若复苟且将事，以希利养，是谓盗施主物，又谓之负债用。律有明文，呵责非细。”

湘僧曰：“阿师言深有至理，令人不可置一词也。第余又不解志公胡必作此忏仪，延误天下苍生耶？”

余曰：“志公本是菩萨化身，能以圆音利物。唐持梵呗，已无补秋毫。矧在今日凡僧，更何益之有？云栖广作忏法，蔓延至今，徒误正修，以资利养，流毒沙门，其祸至烈。至于禅宗本无忏法，而今亦相率崇效，非宜深戒者乎？顾吾与子，俱是正信之人，既皈依佛，但广说其四谛八正道，岂人天小果有漏之因，同日语哉？”

湘僧曰：“善哉！马鸣菩萨言：诸菩萨舍妄，一切显真实，诸凡夫覆真，一切显虚妄。”

明日，余随监院莅麦氏许，然余未尝询其为何名，隶何地，但知其为宰官耳。

入夜，法事开场，此余破题儿第一遭也。此时男女叠肩环观者甚众。监院垂睫合十，朗念真言，至“想骨肉已分离，睹音容而何在”，声至凄恻。及至“呜呼！杜鹃叫落桃花月，血染枝头恨正长”、又“昔日风流都不见，绿杨芳草髑髅寒”，又“将军战马今何在，野草闲花满地愁”等句，则又悲健无论。斯时举屋之人，咸屏默无声，注瞩余等。

余忽闻对壁座中，有婴宛细碎之声，言曰：“殆此人无疑也。回忆垂髫，恍如隔世，宁勿凄然？”时复有男子太息曰：“伤哉！果三郎其人也。”

余骤闻是言，岂不惊怛？余此际神色顿变，然不敢直视。

女郎复曰：“似大病新瘥，我知三郎固有难言之隐耳。”

余默察其声音，久之，始大悟其即麦家兄妹，为吾乡里，又为总角同窗。计相别五载，想其父今为宦于此。回首前尘，徒增浩叹耳。忆余羁香江时，与麦氏兄妹结邻于卖花街。其父固性情中人，意极可亲，遇我特厚，今乃不期相遇于此，实属前缘。余今后或能借此一讯吾旧乡之事，斯亦足以稍慰飘零否耶？余心于是镇定如常。

黎明，法事告完，果见僮仆至余前揖曰：“主人有命，请大师贲临书斋便饭。”

余即随之行。此时，同来诸僧咸骇异，以彼辈未尝知余身世，彼意谓余一人见招，必有殊荣极宠。盖今之沙门，虽身在兰阇，而情趣缨茀者，固如是耳！

及余至斋中，见餐事陈设甚盛：有莼菜，有醋鱼、五香腐干、桂花栗子、红菱藕粉、三白西瓜、龙井虎跑茶、上蒋虹字腿，此均为余特备者。余心默感麦氏，果依依有故人之意，足征长者之风，于此炎凉世态中，已属凤毛麟角矣。

少顷，麦氏携其一子一女出斋中，与余为礼。余谛认麦家兄妹，容颜如故，戏采娱亲；而余抱无涯之戚，四顾萧条，负我负人，何以堪此？因掩面哀咽不止。麦氏父子，深形凄怆，其女公子亦不觉为余而作啼妆矣。

无语久之，麦氏抚余庄然言曰：“孺子毋愁为幸。吾久弗见尔。先是闻乡人言，吾始知尔已离俗，吾正深悲尔天资俊爽，而世路凄其也。吾去岁挈家人侨居于此，昨夕儿辈语我，以尔来吾家作法事，令老夫惊喜交集。老夫耄矣，不料犹能会尔，宁谓此非天缘耶？尔父执之妇，昨春迁居香江，死于喉疫。今老夫愿尔勿归广东。老夫知尔了无凡骨，请客吾家，与豚儿作伴，则尔于余为益良多。尔意云何者？”

余闻父执之妻早年去世，满怀悲感，叹人事百变叵测也。

余收泪启麦氏曰：“铭感丈人，不以残衲见弃，中心诚皇诚恐，将奚以为报？然寺中尚有湘僧名法忍者，为吾至友，同居甚久，孺子滋不忍离之。后此孺子当时叩高轩侍教，丈人其恕我乎？”

麦氏少思，蔼然言曰：“如是亦善，吾惟恐寺中苦尔。”

余即答曰：“否，寺僧遇我俱善。敬谢丈人，垂念小子，小子何日忘之？”

麦氏喜形于色，引余入席。顾桌上浙中名品咸备，奈余心怀百忧，于此时亦味同嚼蜡耳。饭罢，余略述东归寻母事。

麦氏举家静听，感喟无已。麦家夫人并其太夫人，亦在座中，为余言，天心自有安排，嘱余屏除万虑。余感极而继之以泣。

及余辞行，麦家夫人出百金之票授余，嘱曰：“孺子莫拒，纳之用备急需也。”

余拜却之曰：“孺子自逗子起行时，已备二百金，至今还有其半，在衣襟之内。此恩吾惟心领，敬谢夫人。”

余归山门。越数日，麦家兄妹同来灵隐，视余于冷泉亭。

余乘间问雪梅近况何若。初，兄妹皆隐约其辞，余不得端倪。

因再叩之，凡三次。其妹微蹙其眉，太息曰：“其如玉葬香埋何？”

余闻言儿踣，退立震慑，捶胸大恫曰：“果不幸耶？”

其兄知旨，急搀余臂曰：“女弟孟浪，焉有是事？实则……”语至此，转复慰余曰：“吾爱友三郎，千万珍重。女弟此言非确，实则人传彼姝春病颇剧耳。然吉人自有天相，万望吾爱友切勿焦虑，至伤玉体。”余遂力遏其悲。

是日，麦家兄妹复邀余同归其家。翌晨，余偶出后苑嘘气，适逢其妹于亭桥之上，扶栏凝睇，如有所思。既见余至，不禁红上梨涡，意不忍为陇中佳人将消息耳。余将转身欲行，其妹回眸一盼，娇声问曰：“三郎其容我导君一游苑中乎？”

余即鞠躬，庄然谢曰：“那敢有劳玉趾？敬问贤妹一言，雪梅究存人世与否？贤妹可详见告欤？”

其妹嘤然而呻，辄摇其首曰：“谚云：‘继母心肝，甚于蛇虺。’不诚然哉？前此吾居乡间，闻其继母力逼雪姑为富家媳，迨出阁前一夕，竟绝粒而夭。天乎！天乎！乡人咸悲雪姑命薄，吾则叹人世之无良，一至于此也！”

余此时确得噩信，乃失声而哭，急驰返山门，与法忍商酌，同归岭海，一吊雪梅之墓，冀慰贞魂。明日午后，麦氏父子，亲送余等至拱宸桥，挥泪而别。

余与法忍至上海，始悉襟间银票，均已不翼而飞，故不能买舟，遂与法忍决定行脚同归。沿途托钵，蹭蹬已极。逾岁，始抵横蒲关，入南雄边界。既过红梅驿，土人言此去俱为坦途，然水行不一由延能达始兴。余二人尽出所蓄，尚可敷舟资及粮食之用，于是扬帆以行。风利，数日遂过浈水，至始兴县，余二人忧思稍解。

是夕，维舟于野渡残扬之下。时凉秋九月矣，山川寥寂，举目苍凉。忽有西北风潇飒过耳，余悚然而听之，又有巨物呜呜然袭舟而来，竟落灯光之下，如是者络续而至。余异而瞩之，约有百数，均团脐胖蟹也。此为余初次所见，颇觉奇趣。

法忍语余曰：“吾闻丹凤山去此不远，有张九龄故宅，吾二人明晨当纡道往观。”又曰：“惜吾两人不能痛饮，否则将此蟹煮之，复入村沽黄酾无量，尔我举匏樽以消幽恨。奈何此夕百忧感其心耶？”

语次，舟子以手指枫林旷刹告余二人曰：“此即怀庵古兰若也，金碧飘零尽矣。父老相传，甲申三月，吾族遗老誓师于此，不观腐草转磷，至今犹在？嗟乎！风景依然，而江山已非，宁不令人愀然生感，唏嘘不置耶？”

迨余等将睡，忽而黑风暴雨遽作。余谓法忍：“今夕不能住宿舟中，不若同往荒殿少避风雨，明日重行。”法忍曰：“善。”余二人遂辞舟子，向枫林摩道而入。既至山门，缭垣倾记殆尽，扉亦无存者。及入，殿中都无声响，惟见佛灯，光摇四壁。殿旁有甬道，通一耳室，余意其为住僧寮房，故止步弗入。法忍手扪碑上题诗，读曰：

十郡名贤请自思，座中若个是男儿。
鼎湖难挽龙髯日，鸳水争持牛耳时。
哭尽冬青徒有泪，歌残凝碧竟无诗。
故陵麦饭谁浇取，赢得空堂酒满卮。

余曰："此澹归和尚贻吴梅村之诗也。当日所谓名流，忍以父母之邦，委于群胡，残暴戮辱，亦可想而知矣。澹归和尚固是顶天立地一堂堂男子。呜呼！丹霞一炬，遗老幽光，至今犹屈而不申，何天心之愦愦也？"

时暴雨忽歇，余与法忍无言，解袱卧于殿角。余陡然从梦中惊醒，时万籁沉沉，微闻西风振箨，参以寒虫断续之声。

忽有念《蓼莪》之什于侧室者，其声酸楚无伦。听至"哀哀父母，生我劬劳"句，不禁沉沉大恫，心为摧折。

晨兴，天无宿翳。余视此僧，呜呼，即余乳媪之子潮儿也！余愕不止；潮儿几疑余为鬼物，相视久之，悲咽万状曰："阿兄归几日矣？"

余曰："昨夕抵此，风雨兼天，故就宿殿内。贤弟何故失容？阿母无恙耶？"

潮儿未及发言，已簌簌落泪，白余言曰："慈母见背，吾心悲极为僧，庐墓于此，三经弦望矣。"

余闻言，震越失次，趋前抱潮儿而恸哭曰："吾意归南海必先见吾媪。余自襁褓，独媪一人怜而抚我，不图今已长眠。天乎！吾媪养育之恩，吾未报其万一。天乎！吾心胃都碎矣！"

既而潮儿导余等出西院门，至其亡母墓前，黄土一杯，白杨萧萧，山鸟哀鸣其上。余同法忍，俯伏陨涕。潮儿含泪言曰："亡母感古装夫人极矣！舍古装夫人而外，欲得一赐惠之人，无有也。吾前月奉去一笑，不知阿兄遄归。今会阿兄于此，亦余梦魂所不及料，宁非苍天垂愍？先母重泉慰矣。”

余等暂与潮儿为别，遂向雪梅故乡而去。陆行假食，凡七昼夜，始抵黄叶村。读者尚忆之乎？村即吾乳媪前此所居，吾尝于是村为园丁者也。顾吾乳媪旧屋，既已易主，外观自不如前，触目多愁思耳。余与法忍，投村边破寺一宿。晨曦甫动，余同法忍披募化之衣，郎当行阡陌间。此时余心经时百转，诚无以对吾雪梅也。

既至雪梅故宅，余伫立，回念当日卖花经此，犹如昨晨耳。谁料云鬟花颜，今竟化烟而去！吾憾绵绵，宁有极耶？嗟乎！雪梅亦必当怜我于永永无穷！余羁縻世网，亦恹恹欲尽矣。惟思余自西行以来，慈母在家，盼余归期，直泥牛入海，何有消息？余诚冲幼，竟敢将阿姨、阿母残年期望，付诸沧渤。思之，余罪又宁可逭耶？此时余乃战兢而前，至门次，颤声连呼：“施主，施主！”

少选，小娃出，余审视之，果前此所遇侍儿，遗余以金者。侍儿忽而却立，面容丧失，凝眸盼余二人，若识若不识。

余未发言，寸心碎礫，且哭且叩侍儿曰：“子还忆卖花人否耶？雪姑今葬何许？幸子导吾一往，则吾感子恩德弗尽。吾今急不择言，以表吾心，望子怜而恕我。”

侍儿闻余言，始为凛然，继作怒容，他顾久之，厉声曰：“异哉！先生，人既云亡，哭胡为者？曾谓雪姑有负于先生耶？试问鬻花郎，吾家女公子为谁魂断也？”言至此，复相余身，双颊殷然，含憯言曰：“和尚行矣，恕奴无礼，以对和尚。”语已返身，力阖其扉。

余立垂首，无由申辩，不图竟为僮娃峻绝，如剸余以刃也。余呆立几不欲生人世。良久，法忍殷殷慰藉，余不觉自缓其悲，乃转身行，法忍随之。既而就村间丛冢之内遍寻，直至斜阳垂落，竟不得彼姝之墓。俄而诸天曛黑，深沉万籁，此际但有法忍与余相对呼吸之声而已。余低声语法忍曰：“良友已矣，吾不堪更受悲怆矣！吾其了此残生于斯乎？”

法忍闻余言，仰首瞩天，少选，以悲哽之声，百端慰解，并劝余归寺，明日更寻归途。余颓僵如尸，幸赖法忍扶余，迤逦而行。

呜呼！“踏遍北邙三十里，不知何处葬卿卿。”读者思之，余此时愁苦，人间宁复吾匹者？余此时泪尽矣！自觉此心竟如木石，决归省吾师静室，复与法忍束装就道。而不知余弥天幽恨，正未有艾也。

焚剑记

广东有书生，其先累世巨富，少失覆荫，家渐贫，为宗亲所侮。生专心笃学，三年不窥园。

宣统末年，生行年十六，偶于市买酥饼，见贵势导从如云，乃生故人，请为记室参军。生以其聚敛无厌，不许。他日，又遇之。故人曰："我能富人，我能贵人，思之勿悔。"生曰："子能富人，吾能不受人之富；子能贵人，吾能不受人之贵。"故人大怒，将胁之以兵，生遂逃。至钦州，易姓名曰陈善，为人灌园，带索褴褛，傲然独得。

是时南境稍复鸡犬之音，生常行陂泽，忽见断山，叹其奇绝，蹑石傍上，乃红壁十里，青萼百仞，殆非人所至。生仰天而啸。久之，解衣觅虱，闻香郁然，顾之，乃一少女，亭亭似月也。女拜生，微笑而言曰："公子俊迈不群，所从来无乃远乎？妾所居不遥，今禀祖父之命，请公子一尘游屐，使祖父得睹清辉，蒙惠良深矣。"生似不措意，既又异之，觇其衣，固非无缝，且丝袜粉舄，若胡姬焉。女坚请，始从。生故羸疾，女为扶将。不觉行路之远。俄至木桥，过桥入一庐，长萝修竹，水石周流。女引至厅中。

斯须，一老人出，须鬓皓白，可年八十许，笑揖生曰："枉顾山薮，得无劳止？顷间吾遥见子立山上，知为孤洁寡合之士，故遣孙女致意于子，今观子果风骨奇秀，愿息吾庐，与共清淡，子有意乎？”生知老人意诚，而旨趣非凡，应声便许。老人复嗟叹曰：“吾山栖五十年矣，不意今之丧乱，甚于前者。”言次，因指少女曰：“此吾次孙也，姐妹二人，避难来此，刚两月耳，以某将军凌其少弱，濒死幸生。不图季世险恶至于斯极也！”老人言已，凄怆不乐。生亦喟然曰：“嗟乎！有道之日，鬼不伤人。于今沧海横流，人间何世！孺子所以彷徨于此。今遇丈人，已为殊幸。孺子门户殄瘁，浪志无生，慢而无礼，惟垂哀恕。”老人聆生音词，舒闲清切，每瞻生风采，甚敬悦之。

俄，少女为设食，细语生曰：“家中但有麦饭，阿姐手制。阿姐当来侍坐……”言犹未终，一女子环步从容，与生为礼，盼倩淑丽，生所未见。饭时，生窃视女。少女觉之，微哂曰：“公子莫观阿姐姿，使阿姐不安。”女以鞋尖移其妹之足，令勿妄言，亦误触生足，少女愈笑不止。时老人向生言他事，故老人不觉。饭罢，老人请生沐浴易衣，馆生于小苑之西，器用甚洁。二女为生浣衣，意殊厚。生心神萧散，叹曰：“天之待我还未薄也！”于时升月隐山，忽闻笆篱之南，有抚弦而歌，音凋凄恻，更审听之，乃老人长孙也。生念此女端丽修能，贞默达礼，恍然凝思，忆番禺举子刘文秀，美貌年少，行义甚高，与生有积素累旧之欢，此女状貌，与刘子无参差，莫是刘子女弟耶？时女缓轸还寝。明日，生欲发问，而未果言。

老人语言，往往有精义，生知为非常人，情甚相慕。又经日，老人谓生曰：“吾二孙欲学，子其导之。”乃命二女拜生，生亦欣然，临阶再拜。既已，老人谨容告二女曰：“公子人伦师表，善事公子，无负吾意也。”

生于是日教二女属文，长女名阿兰，小生一岁，次女名阿蕙，小生三岁，二女天质自然，幼有神采，生不胜其悦，而恭慎自守。二女时轻舟容与于丹山碧水之间，时淡汝雅服，试学投壶，如是者三更秋矣。

一日，阿蕙肃然问生曰：“今宇宙丧乱，读书何用？识时务者，不过虚论高谈，专在荣利，若夫狡人好语，志大心劳，徒殃民耳！”生默而不应。

他日，又进曰："女子之行，唯贞与节。世有妄人，舍华夏贞专之德，而行夷女猜薄之习，向背速于反掌，犹学细腰，终饿死耳。"生闻女言，怪骇而退。喟然叹曰："此女非寿征也！"无何，生寝疾甚笃。二女晨夜省视，敬事殷勤，有逾骨肉，生深德之。

月余，生稍愈，徐步登山，凌清瞰远。二女亦随至，生止之，二女微笑不言，徘徊流盼。久之，阿蕙问生曰："公子莫思歙否？"生曰："不也。"此时，阿兰怅然有感，至生身前言曰："公子且出手授我。"遂握生手，密谓之曰："公子非独孤粲耶？妾尝遇姻戚云，公子变易姓名，尝佣于其家。姻戚固识公子有迈世之志，情意亦甚优重，特未与公子言之。请问公子，果如所言否？"生曰："果如所言。"生良久思维，遂问阿兰曰："识刘文秀乎？"阿兰惊答曰："是吾兄也。曩日吾等避乱渡江，兄忽失踪，后闻在浙右，今即不知在何许。妾亦尝闻兄言，朋辈中有一奇士，姓独孤，名粲，妾故企仰清辉久矣，不图侍亲得公子之侧。妾向者朝晚似有神人诏妾曰：'独孤公子，为汝至友，汝宜敬奉。'妾亦不知其所以然，然妾心侍公子，实奉神人之诏。妾早失父母，公子岂哀此薄命之人，而容其陋质乎？"言毕，以首伏生肩上，凄然下泣。生亦嗟叹无言。忽闻阿蕙在侧曰："公子病新瘥，阿姐何遽扰公子？阿姐固情深，公子岂是忍人？悲乃不伦，不如扶公子归耳。"

时夜将午，忽红光烛天。老人执生臂曰："噫，乱兵已至此矣！"言已，长揖生曰："吾老，不复久居于世，我但深念二孙。吾久将阿兰许字于子；阿蕙长成，姻亲之事，亦托于子。"老人言毕，抚其二孙，恸极，呕血而死，生与二女魂飞神丧。时有流弹中屋，屋顶破，三人遂葬老人于屋侧。

生念："吾身世孤孑，死何足惜？但二女可怜，他乡未必可止。吾必护之至香港，使自谋生，不负老人之托。"时二女方哭于新坟之侧，生勉携之至山脚，二女昏然如醉，生抱之登小舟，沿流而下。已二日，舍舟登陆，憔悴困苦，不可复言。村间烟火已绝，路无行人，但有死尸而已。此时万籁俱寂，微月照地，阿蕙忽牵生手，一手指丛尸中，悄语生曰："此尸蓬首挺身欲起，或未死也。”生趋前问尸曰：“子能起耶？”尸曰：“苦哉！吾被弹洞穿吾肩，不知吾何罪而罹此厄也？汝三人慎勿前去，倘遇暴兵，二女宁不立为齑粉？暴兵以半日杀尽此村人口。此虽下里之民，然均自耕而食，自织而衣，素未闻有履非法者。甚矣，天之以人为戏也！”生即扶其人徐起，其人始哭。哭已，续言曰：“吾有老母爱弟，并为暴兵戮死，投之川流。继而吾中弹，忍痛潜卧尸中，经一夜一日。今遇汝三人，谢上苍助我。此去不远，为吾田庄，汝三人且同留止，暂避凶顽。”生扶其人，徐步至庄。庄内已焚掠一空。其人赴围栅之侧，知新米一包尚在。二女于是采葵作羹，四人得不饿。

过三朝，其人出村边一望，闸口有木片钉塞，傍贴黄榜朱字云：

此是鬼村，行人莫入。

其人归告生曰：“吾姓周，名阿大，此即周家村，好事者今以‘鬼’名吾村，咸相戒不敢近，不知犹有我周大一人未死。天下奇事固多，不料吾年四十，始身受之。”

更逾数朝，有人于闸口潜窥，见生等形状枯瘦，疑为行尸。二女久不修容，憔悴正如鬼也。忽有一人窥见阿大，问曰：“汝是鬼邪，或阿大未死也？”阿大见此人是邻村旧识，具陈本末，且言有友携妹，欲诣前村求食，求友为先容，庶不见疑为鬼魅。友遂开闸，与四人行至其家。友曰：“村人父老，死亡过半，幼少者亦随乱兵而谋衣食。”友出资，为四人略置衣服。停数日，阿大疮处已平，四人雇帆船，风顺，五日达于香港。二女有姨氏住德辅道，甚有衣食，二女得姨氏所在。姨氏老矣，见二女婉慧可爱，大悦。姨氏止有一子，岁岁往外国经商。姨氏每顾二女，事事过人，颇慰晚景。周大即留为纲纪。

生自是如释重负。一日，与阿兰连臂登赤柱山，望海神伤。生顾阿兰曰：“我行孤介，必不久居于此。”阿兰闻之，戚然改容，几半日不言，俄低鬟问曰："公子今欲何行？"生曰："吾自今以去，从僧道异人却食吞气耳。"阿兰便曰："妾同行，得永奉欢好，庶不负公子之义，使妾殒殁，亦无恨也。"生曰："是何言也？余孤穷羸弱，何足以当！"女凝思久之，顾生曰："妾知公子非负心者，今所以匆匆欲行，殆心有不平事耳。"生闻言，耸然掣阿兰之手。歔欷不能自胜矣。此时，阿兰深感娇泣，言曰："士固有志，妾与妹氏居此，盼眄公子归来。"生诺，二女便资给于生，莫知去处，阿兰再三叹息。

其年，香港霍乱甚厉，姨氏挈二女移寓边州。沿海风光秀丽。二女日与渔妇闲话，亦觉悠然自得。姨氏闲向阿兰曰："语云：'竹门对竹门，木门对木门。'汝姨母为汝关怀久矣。吾有梁姓外孙，才貌相兼，家道颇赡，吾昨以求亲之事，闻于外氏，外氏甚悦。但愿汝福慧双修，以慰吾念也。"阿兰闻语，视地久之，具以诚告其姨氏曰："吾舍独孤公子外，无心属之人，今虽他适，公子固信士，异日必归。请姨母勿以为念。"姨氏笑曰："公子佳则佳，然其人穷至无裤，安足偶吾娇女？吾非不重公子为人。试思吾残年向尽，安忍见吾娇女度贫贱之日？此婚姻之所以论门第，吾不可不慎也。"阿兰曰："士患无德义，不患无财。人虽贫公子，吾不贫公子也。"他日，姨氏复劝阿兰罢其前约，阿兰终不改其素志，至于九喻。姨氏怒。阿兰日夜悒怏，都不寝食。

经一月，生更无消息。阿兰知村间风俗劣，有抢婚之事，遂背其妹、阿大等，潜至香港，佣于上环伍家。女居停遇之甚殷渥，收为义女。女居停有外甥莫氏来省，忽窥见女，以为非人世所有，及归，神已痴矣。父母苦问之，始得其故，于是遣人至伍家说意旨，居停欣然许之。其人去，居停乃微笑向阿兰曰："古有明训：'男大须婚，女大须嫁。'吾今为汝觅得嘉婿矣，则吾外甥莫氏。其人望族也，尝游学于大鹿国，得博士衔，人称洋状元，今在胡人鬻饼之肆任二等书记。吾为汝贺。"阿兰闻言不答，居停以为阿兰心许矣。

过三日，阿兰知期已逼，长叹曰："人皆以我为贸易，我无心以宁，无颜以居，我终浪迹以避之耳。”遂行。时薄暮，于九龙岸边逢一女子，年犹未笄，敛裾将赴水死，阿兰力救之。女曰：“吾始生失母，父名余曰眉娘，继母遇我无恩，往往以炭火烧余足，备诸毒虐。父畏阿母，不之问。邻居有老妪，劝余至石塘为娼，谓一可免阿母猜忌，一可择人而事。妪之言虽秽，然细思，妪实至情之人，妪之外，更无一人愍我喻我者，为可哀耳。”言已，哭泣甚哀。阿兰亦泫然流涕，不知所以慰之，久乃抚女言曰：“汝且勿悲，吾身内有金数环，可与汝潜遁他方，暂觅投身之处。”女感阿兰言，从之。二人以灰炭自污其面，为乞妇状。旬日，至东馆西约十里，日将西坠。有军将似留学生，策马而至，见二女，勒马欲回。二女拜跪马前求食，军将笑，以手探鞍，举一人腿示二女曰：“吾侪以此度日，今仅余一腿，尔曹犹欲问鼎耶？”言已，纵辔而去。二女惊骇欲绝，相扶徐行。至一山村，有老者荷薪而归，二女问：“是间有乱否？何以军中以人肉为粮也？”老者不答，女凡三四问，老者厉声曰：“一何少见！吾袋中有五香人心，吾妻所制，几忘之。”言已，出心且行且嚼。二女见状，忧迫特甚：此村以人为食，他事岂复可问？然日暮穷途，无可为计。二女相携，至一旅店求宿，有女人出应，款对颇周。店内旧劣不堪，后有小门，邻屋即主人所居，无门相通。主人既出，倒锁店门归寝。

时夜将半，阿兰忽闻隔屋有老人细声笑曰：“女子之肉，嫩滑无伦。”又闻女主人笑声。阿兰就板缝中潜窥，则向所遇食人心者。女人又言：“刀已四日不用，恐有锈。”老者曰：“吾当磨之。”言已，向床下牵出一蒲箱。老者方启箱取刀，阿兰命眉娘即起，轻拔后关而遁。既出，于疏篱外觇之，老者灯下磨刀，簌窣有声。二女急走。时有新月，至村侧，东转有堤，见稻草堆。二女俯身匿其下，觉甚空虚。遽入，中如小室，上有数孔通光，女心稍安。阿兰更于草下得一箱甚重，审其为富人之物，旁有驼毛毡、气枕以及里丁饼干十数罐，意村有富人藏此，用备不时之需者。二女分饼干一罐，纳袋中，余无所取。

天明，二女方行，回顾村中，积水弥望，继有凄厉之声，随风而至，始知大水为灾。二女于村庙中得破鼓，仅容二人，遂乘之，顺流而往，若扁舟泛大海。数日中，见难民出没，绝为凄惨，频以饼干分赠之。眉娘为阿兰言曰："吾记得幼时居外家，亦遭水患，吾随外祖父止于屋背。同村有贫富二人，亦息树间，经八日有半，富人食物将尽，贫者止余熟山薯二，此其平日饲猪之物。富人探囊，出一金锭示贫者曰：'若以薯子分我，我即与汝此金。'贫者以一薯易金。久之，复出一锭，向贫者言如前。贫者实饥，而心未决。富人曰：'子何不思之甚？昨夕天边发红光，明后日水必退。子得金，何事不办？'贫者心动，竟从之。富人留薯不食。又半日，贫者饥甚，垂死，富人视之恝然。迄贫者气绝，富人徐将所予二金锭取还，推其尸水中。入夜，水果退。吾外祖见富人大恶，取楯击其头，富人不顾，但双手坚掩其袋，恐楯中其金锭也。"阿兰曰："此非怪事，世人均以此富人之道，为安身立命之理，可叹耳！"无何，大水既退，二女行乞如故，亲爱愈极。

阅两月，阿兰暴病卒于道中，弥留之际，三呼独孤公子，气断犹含笑也。

眉娘顾左右悄无人居，时夜已深，行入林中，遥见有灯火之光。既至，有宅门，徘徊独泣。俄有人出问故，眉娘跽曰："吾乞儿也，吾姐死于途中，今欲鬻身以葬吾姐耳。"其人入，商之其妻。已而出，对眉娘曰："我是贩布客，汝留亦善。"明日，夫妻二人将阿兰尸殡殓。见眉娘眉如细柳，容颜朗秀，夫妻倍怜之，视如己女。

居数月，夫妻携眉娘往南雄贩布，颇得资。将归，过始兴县南驿三十里外，夜投逆旅，遇贼，杀夫妻二人，劫眉娘及钱财。方登船，见一男人驰至，捉贼左腕，挥剑断之，三贼奔走。问眉娘何处人，眉娘掩涕拜谢，具言身世所经。男子闻眉娘说阿兰名字，默行数步，掷剑于地，仰天潸然曰："阿兰竟去人寰！我流离四方，友仇未复，阿兰在幽冥之中，必能谅我。"眉娘听男子言此，回身怒诘之曰："吁！若即吾姐临命所呼之独孤氏耶？负心若此！试问，吾姐停辛伫苦，以待何人？吾诚不愿见若！"言讫，于地取剑，欲自刎，生夺剑阻之；更欲跃身江流，亦未果愿，生哭泣止之。良久，眉娘言曰："吾闻姐有胞妹在边州，汝能送我到边州，见妹氏，返九龙，省父母，然后死无憾耳。"

生善其志行，从之。收剑卷之，如卷皮带，与眉娘上贼船，解维，过湜江，下汝水，六日达红梅驿。二人登岸，以兄妹相呼，免路人见疑。寻到边州，二人果遇阿蕙、周大二人于海岸拾贝壳，二人见生，非常欢惬。及眉娘述其姐行状毕，阿蕙恸哭失声，思往谒姐氏墓，又不知处所。明日，生即送眉娘返九龙，生倏然不知去向。

眉娘至家，不敢入门，即访邻妪。妪即前日劝眉娘当娼者也，见眉娘，惊视，愀然问曰："吾久不见汝，汝继母言汝已死，吾甚哀汝生之不辰也。汝父前月无故而逝，或未知欤？"言时就眉娘耳语再四，已而摇头叹曰："天下黑心娘子，比比然也。"眉娘哭不可抑，妪慰之曰："汝今后可住吾许，汝母见汝，必杀汝也。"眉娘日夜涕泣，频欲自杀，妪频救之。

妪一夕语眉娘曰："汝未闻吾少年之事，有甚于汝万万倍，今为汝言之，或能减汝悲怀。吾实非本地人也，吾父姓杨，是云和人，有田十庙，娶吾母沈氏，颇有贤德，为乡党所推。吾父终日纵酒，家计日艰。吾生而腰细，人咸呼曰'细腰'。六岁，慈母以时病弃养。吾父将余托外氏，即往申江，购一牛头车，为行客载重，亦颇得钱，然每为东洋车夫藐视。遂易其业，购一东洋车，得资倍于前，而又苦马夫凌辱。吾父叹曰：'使吾为马夫，亦当受制于汽车夫也！'乃安之。忽一日，富春里赛寓有一妓，名傅天娥，雇吾父车。偶于酒楼下与同业者闲谈，吾父因问曰：'此妓貌不及中人，何以生意甚佳？'同业曰：'汝不知此乃名妓傅彩云之雏耶？彩云为洪状元夫人，至英国，与女王同摄小影。及状元死，彩云亦零落人间。庚子之役，与联军元帅瓦德斯办外交，琉璃厂之国粹，赖以保存。瓦德斯者，德意志雄主推毂之臣，乃慕彩云之风流，诏入禁内，常策骏马出入宫门。是故人又叹之曰"曾卧龙床者"。又闻任长尝充彩云译官。今彩云老矣，神女生涯，令人有樽前白发之感耳。'吾父闻至此，不觉鼓掌而叹曰：'然则此人亦名留青史矣。’吾父思久之，私谓：‘此一粉头耳，计今夕车所停二十余处，顾曲之人，何止半百？一人一金，已足吾一岁之需。思吾女细腰已长成，容貌胜此女多多，吾何不携来，令学歌舞，吾何愁不为封翁？他日吾女或亦名垂竹帛，正未可料。’

“其岁，挈余至申江，托余于一苏州妇人，命余呼之为母。明年，余艺成，始知命薄而背人塚泪也。吾父得资，仅足度日及吸烟之费。吾父常念余孤苦，欲赎余归。初余落籍，吾父仅收四十金，而是时余身价已涨至三千，吾父何处得金赎吾？惟有忍泪吞声而已。更一年，吾父一贫如故，来申欲一见余面，假母亦不见许。吾饥不加食，寒不加絮。房中有侍儿曰阿崔，容态润媚，客多悦之，常与我商量曰：‘身为女子，薄命如斯，止得强颜欢笑。如遇性情中人，即可事之，不必富人，亦不必才子。’余思其言有至理，然而余视过客，无一善裔，正如过客之视余侪无一贞静之人也。逾日，有广东胡别驾慨然以四千金为余脱籍。余喜不自胜，以为从此可报父恩于万一，岂知余出苦海，而吾父已殁数月，亦实命不犹也已。吾夫带余来香港，家人与我均无缘分。我身世至此，虽欲上顺翁姑，下怀弟妹，而翁姑弟妹，咸以我为外江妖怪，吾夫又日日虚词诡说，视我为一玩具。既不得家庭之乐，岂有人生之趣？我委顿床枕之日，即秋扇见捐之时，我在云和虽贫窭，或有乡人悯我，今即一下堂娼女，谁复能一顾耶？”媪言毕，于灯下重理其麻，续曰：“吾今日日为店家压麻为线，可得少资自赡，亦不欲怨天尤人，但怨命耳！”

眉娘听妪言，低鬟垂泪久之，婉语慰妪曰：“妪勿忧，吾闻天无绝人之理，吾当为奴婢，觅一栖身之所，然后助妪度日，接欢笑。”妪闻言喜极，抱眉娘哭曰：“谢上苍怜我也！”

眉娘乃佣身于烟馆，夕宿妪家，忽一日，眉娘见独孤生翩然而至，踞榻捉一烟客，徐喻之曰：“吾四方觅汝久矣，汝非蒋少轩之友乎？何以始谋其财，继害其命，而终夺其妻也？”烟客惊震，跪于地曰：“吾知罪过。吾与少轩在东洋读书，甚相友爱。吾之所以至今日穷无所依者，均听信其妻之言耳。今其妻已嫁一司令官，亦少轩同学。吾今殊追悔前此所为，望饶命也。”生即出剑割其两耳，纵之去。时坐客皆歔欷感叹。眉娘遂出拜生，生喜眉娘无恙。烟馆主人备闻生及眉娘之事，慕生之义，而叹眉娘之苦，主人遂请于生及妪，收眉娘为发妻。后眉娘儿女成群，遇妪知己母。

生为其友复仇之后，喜眉娘有托，即赴边州。既见周大，问阿蕙何在。周大曰：“嫁矣。”生曰：“无所苦否？”周大泪涟涟答曰：“嫁一木主耳。”生叩其详，周大曰：“初阿兰去后，姨氏即将阿蕙许嫁梁姓外孙，而不与阿蕙言其事，今春过门之期将至，始具言于阿蕙。阿蕙故婉顺，不逆姨氏意。讵知阿蕙嫁前数日，梁氏子发痨而卒。姨氏问阿蕙意旨向背，阿蕙曰：‘即许于前，何悔于后？’姨氏喜曰：‘善。汝若不嫁至其家，即吾门亦无人过问。’阿蕙遂依期出嫁，吾亦随往。其家故巨宅，先见一老苍头抱木主出。接阿蕙至礼堂，红灯绿彩，阿蕙扶侍女，并木主行婚礼。既毕，旋过邻厅，即其夫丧屋也，四顾一白如雪。其姑乃将缟素衣物，亲为阿蕙易之。阿蕙即散发跪其夫灵前，恸哭尽礼，吾不忍久视。既归，常念阿蕙幽闲贞静，今世殆若凤毛麟角。阿蕙时一归省姨氏，言翁姑视之甚厚，未尝言及身世。如阿蕙者，复何人也？”

周大言讫，生默不一言，出腰间剑令周大焚之，如焚纸焉。自后，粤人亦无复有见生及周大者云。惟阿蕙每于零雨连绵之际，念其大父、阿姊、独孤公子不置耳。

绛纱记

昙鸾曰：余友生多哀怨之事，顾其情楚恻，有落叶哀蝉之叹者，则莫若梦珠，吾书今先揭梦珠小传，然后述余遭遇，以眇躬为书中关键，亦流离辛苦，幸免横夭，古人所以畏蜂虿也。

梦珠名瑛，姓薛氏，岭南人也。瑛少从容淡静。邑有醇儒谢翥者，与瑛有恩旧，尝遣第三女秋云与瑛相见，意甚恋恋。瑛不顾，秋云以其骄尚，私送出院，解所佩琼琚，于怀中探绛纱，裹以授瑛。瑛奔入市货之，径诣慧龙寺披剃，住厨下，刈笋供僧。一日，与沙弥争食五香鸽子，寺主叱责之，负气不食累日。寺主愍念其来，荐充南涧寺僧录。未几，天下扰乱，于是巡锡兰、印度、缅甸、暹罗、耶婆堤、黑齿诸国。寻内渡，见经笥中绛纱犹在，颇涉冥想，遍访秋云不得，遂抱羸疾。时阳文爱、程散原创立祇洹精舍于建邺，招瑛为英文教授。后阳公归道山，瑛沉迹无所，或云居苏州滚绣坊，或云教习安徽高等学堂，或云在湖南岳麓山，然人有于邓尉圣恩寺见之者。乡人所传，此其大略。

余束发受书，与瑛友善，在香港皇娘书院同习欧文。瑛逃禅之后，于今屡易寒暑，无从一通音问，余每临风，未尝不叹息也。

戊戌之冬，余接舅父书，言星洲糖价利市三倍，当另辟糖厂，促余往，以资臂助——先是舅父渡孟买，贩茗为业，旋弃其业，之星嘉坡，设西洋酒肆，兼为糖商，历有年所。舅氏姓赵，素亮直，卒以糖祸而遭厄艰——余部署既讫，淹迟三日，余挂帆去国矣。余抵星嘉坡，即居舅氏别庐。别庐在植园之西，嘉树列植，景颇幽胜。舅氏知余性疏懈，一切无訾省，仅以家常琐事付余，故余甚觉萧闲自适也。

一日，为来复日之清晨，鸟声四噪。余偶至植园游涉，忽于细草之上，拾得英文书一小册，郁然有椒兰之气，视之，乃《沙浮纪事》。吾闻沙浮者，希腊女子，骚赋辞清而理哀，实文章之冠冕。余坐石披阅，不图展卷，即余友梦珠小影赫然夹书中也。余惊愕，见一缟衣女子，至余身前，俯首致礼。余捧书起立，恭谨言曰："望名姝恕我非仪！此书得毋名姝所遗者欤？"女曰："然。感谢先生，为萍水之人还此书也。"余细瞻之，容仪绰约，出于世表。余放书石上，女始出其冰清玉洁之手，接书礼余，徐徐款步而去。女束发拖于肩际，殆昔人堕马之垂鬟也。文裾摇曳于碧草之上，同为晨曦所照，互相辉映。俄而香尘已杳。余归，百思莫得其解：蛮荒安得诞此俊物？而吾友小影，又何由在此女书中？以吾卜之，此女必审梦珠行止。顾余逢此女为第一次，后此设得再遇者，须有以访吾友朕兆。而美人家世，或蒙相告，亦未可知。

积数月，亲属容家招饮。余随舅父往，诸戚畹父执见余极欢。余对席有女郎，挽灵蛇髻者，姿度美秀，舅父谓余曰："此麦翁之女公子五姑也。"余闻言，不审所谓。筵既撤，宾客都就退闲之轩。余偷瞩五姑，著白绢衣，曳蔚蓝纨裾，腰玫瑰色绣带，意态萧闲。舅父重命余与五姑敬礼。五姑回其清盼，出手与余，即曰："今日见阿兄，不胜欣幸！暇日，愿有以教辍学之人。"音清转若新莺。余鞠躬谢不敏，而不知余舅父胸有成竹矣。

他日，麦翁挈五姑过余许，礼意甚殷，五姑以白金时表赠余。厥后五姑时来清谈，蝉嫣柔曼。偶枨触缟衣女子，则问五姑，亦不得要领。

余一日早起，作书二通：一致广州，问舅母安；一致香山，请吾叔暂勿招工南来，因闻乡间有秀才造反，诚恐劣绅捏造黑白。书竟，燃吕宋烟吸之，徐徐吐连环之圈。忽闻马嘶声，余即窗外盼，见五姑拨马首，立棠梨之下，马纯白色，神骏也。余下楼迎迓。五姑扬肱下骑，余双手扶其腰围，轻若燕子。五姑是日服窄袖胡服，编发作盘龙髻，戴日冠。余私谓：妺喜冠男子之冠，桀亡天下；何晏服妇人之服，亦亡其家。此虽西俗，甚不宜也。适侍女具晨餐，五姑去其冠同食。

既已，舅父同一估客至，言估客远来，欲观糖厂。五姑与余亦欲往观。估客、舅父同乘马车，余及五姑策好马，行骄阳之下。过小村落甚多，土人结茅而居。夹道皆植酸果树，栖鸦流水，盖官道也。时见吉灵人焚迦箅香拜天，长幼以酒牲祭山神。五姑语余，此日为三月十八日，相传山神下降，祭之终年可免瘴疠。旁午始达糖厂。厂依山面海，山峻，培植佳，嘉果累累。巴拉橡树甚盛。欧人故多设橡皮公司于此，即吾国人亦多以橡皮股票为奇货。山下披拖弥望，尽是蔗田。舅父谓余曰："此片蔗田，在前年已值三十万两有奇，在今日或能倍之；半属麦翁，半余有也。"余见厂中重要之任，俱属英人；佣工于厂中者，华人与孟加拉人参半。余默思厂中主要之权，悉操诸外人之手，甚至一司簿记之职，亦非华人，然则舅氏此项营业，殊如累卵。

余等济览一周，午膳毕，遂归。行约四五里，余顿觉胸膈作恶。更前里许，余解鞍就溪流，踞石而呕。五姑急下骑，趋至问故。余无言，但觉遍体发热，头亦微痛。估客一手出表，一手执余脉按之，语舅父曰："西向有圣路加医院，可速往。"舅父嘱五姑偕余乘坐马车，估客、舅父并马居后，比谒医，医曰："恐是猩红热，余疗此症多。然上帝灵圣，余或能为役也。"舅父嘱余静卧，请五姑留院视余。五姑诺。舅父、估客匆匆辞去。

余入暮一切惛惚。比晨，略觉清爽，然不能张余睫，微闻有声，嘤然而呼曰："玉体少安耶？"良久，余斗忆五姑，更忆余卧病院中，又久之，姑能豁眸。时微光徐动，五姑坐余侧，知余醒也，抚余心前，言曰："热退矣，谢苍苍者佑吾兄无恙！"余视五姑，衣不解带，知其彻晓未眠。余感愧交迸，欲觅一言谢之，乃讷讷不能出口。俄舅父、麦翁策骑来视余。医者曰："此为险症，新至者罹之，辄不治。此子如天之福，静摄两来复，可离院矣。"

舅父甚感其言。麦翁遇余倍殷渥，嘱五姑勿遽宁家。舅父、麦翁行，五姑送之，倏忽复入余病室，夜深犹殷勤问余所欲。余居病院，忽忽十有八日，血气亦略复。此十八日中，余与五姑款语已深，然以礼法自持，余颇心仪五姑敦厚。

既而舅父来，接吾两人归，隐隐见林上小楼，方知已到别庐。舅父事冗他去，五姑随余入书斋，视案上有小笺，书曰：

> 比随大父，返自英京。不接清辉，但有惆怅。明日遄归澳境，行闻还国，以慰相思。
>
> 玉鸾再拜，上问起居。

余观毕，既惊且喜。五姑立余侧。肃然叹曰："善哉！想见字秀如人。"余语五姑："玉鸾，香山人，姓马氏，居英伦究心历理五稔，吾国治泰西文学卓尔出群者，顾鸿文先生而外，斯人而已。然而斯人身世，凄然感人。此来为余所不料。玉鸾何归之骤耶？"余言至此，颇有酸哽之状。此时，五姑略俯首，频抬双目注余。余易以他辞。饭罢，五姑曰："可同行苑外。"言毕，掖余出碧巷中，且行且瞩余面。余曰："晚景清寂，令人有乡关之思。五姑，明日愿同往海滨泛棹乎？"五姑闻余言似有所感。迎面有竹，竹外为曲水，其左为莲池，其右为草地，甚空旷。余即坐铁椅之上。五姑亦坐，双执余手，微微言曰："身既奉君为良友，吾又何能离君左右？今有一言，愿君倾听：吾实誓此心，永永属君为伴侣！则阿翁慈母，亦至爱君。"言次，举皓腕直揽余颈，亲余以吻者数四。余故为若弗解也者。五姑犯月归去，余亦独返。入夜不能宁睡，想后思前：五姑恩义如许，未知命也若何？平明，余倦极而寐。亭午醒，则又见五姑严服临存，将含笑花赠余，余执五姑之手微喟。五姑双颊略赤贞，低首自视其鞋尖，脉脉不言。自是，五姑每见余，礼敬特加，情款益笃。

忽一日，舅父召余曰："吾知尔与五姑情谊甚笃，今吾有言关白于尔：吾重午节后，归粤一行，趁吾附舟之前，欲尔月内行订婚之礼，俟明春舅母来，为尔完娶。语云：'一代好媳妇，百代好儿孙。'吾思五姑和婉有仪，与尔好合，自然如意。"余视地不知所对。逾旬，舅父果以四猪四羊、龙凤礼饼、花烛等数十事送麦家。余与五姑，因缘遂定。自是以来，五姑不复至余许，间日以英文小简相闻问耳。

时十二月垂尽，舅父犹未南来。余凭阑默忖：舅父在粤，或营别项生意，故以淹迟。忽有偈偈疾驱而来者，视之，麦翁也。余肃之入，翁愁叹而坐。余怪之，问曰："丈人何叹？"翁摇头言曰："吾明知伤君之所爱，但事实有不得不如此。"言次，探怀中出红帖授余，且曰："望君今日填此退婚之书。"余乍听其言，蕴泪于眶，避座语之曰："丈人词旨，吾无从着思。况舅父不在，今丈人忍以此事强吾，吾有死而已，吾何能从之？吾虽无德，谓五姑何？"翁曰："我亦知君情深为五姑耳，君独不思此意实出自五姑耶？"余曰："吾能见五姑一面否？"翁曰："不见为佳。"余曰："彼其厌我哉？"翁笑曰："我实告君，令舅氏生意不佳，糖厂倒闭矣。纵君今日不悦从吾请，试问君何处得资娶妇？"余气涌不复成声，乃奋然持帖，署吾名姓付翁。翁行，余伏几大哭。

尔日有纲纪自酒肆来，带英人及巡捕，入屋将家具细软，一一记以数号，又一一注于簿籍，谓于来复三十句钟付拍卖，即余寝室之床，亦有小纸标贴。吾始知舅父已破产，然平日一无所知。而麦翁又似不被影响者，何也？余此际既无暇哭，乃集园丁、侍女语之故，并以余钱分之，以报二人侍余亲善之情。计吾尚能留别庐三日，思此三日中，必谋一见五姑，证吾心迹，则吾蹈海之日，魂复何恨！又念五姑为人婉淑，何至如其父所言？意者，其有所逼而不得已耶？

余既决计赴水死，向晚，余易园丁服，侍女导余至麦家后苑。麦家有僮娃名金兰者，与侍女相善，因得通言五姑。五姑淡妆簪带，悄出而含泪亲吾颊，复跪吾前，言曰："阿翁苦君矣！"即牵余至墙下低语，其言甚切。余以翁命不可背。五姑言："翁固非亲父。"余即收泪别五姑曰："甚望天从人愿也！"

明日，有英国公司船名威尔司归香港，余偕五姑购得头等舱位。既登舟，余阅搭客名单，华客仅有谢姓二人，并余等为四人。余劝五姑莫忧，且听天命。正午启舷，园丁、侍女并立岸边，哭甚哀；余与五姑掩泪别之。

天色垂晚，有女子立舵楼之上，视之，乃植园遗书之人，然容止似不胜清怨，余即告五姑。五姑与之言，殊落寞。忽背后有人唤声，余回顾，盖即估客也，自言送其侄女归粤，兼道余舅氏之祸，实造自麦某一人。言已，无限感喟，问余安适。余答以携眷归乡。

越日，晚膳毕，余同五姑倚阑观海。女子以余与其叔善，略就五姑闲谈。余微露思念梦珠之情，女惊问余于何处识之，余乃将吾与梦珠儿时情愫一一言之。至出家断绝消息为止。女听至此，不动亦不言。余心知谢秋云者，即是此人，徐言曰："请问小姐，亦尝闻吾友踪迹否乎？"女垂其双睫，含红欲滴，细语余曰："今日恕不告君，抵港时，当详言之。君亦梦珠之友，或有以慰梦珠耳。"女言至此，黑风暴雨猝发。至夜，风少定。忽船内人声大哗，或言铁穿，或言船沉。余惊起，亟抱五姑出舱面。时天沉如墨，舟子方下空艇救客，例先女后男。估客与女亦至。吾告五姑莫哭，且扶女子先行，余即谨握估客之手，估客垂泪曰："冀彼苍加庇二女！"此时船面水已没足。余微睨女客所乘艇，仅辨其灯影飘摇海面。水过吾膝，余亦弗觉，但祝前艇灯光不灭，五姑与女得庆生还，则吾虽死船上，可以无憾。余仍鹄立，有意大利人争先下艇，睹吾为华人，无足轻重，推吾入水中；幸估客有力，一手急揽余腰，一手扶索下艇。余张目已不见前面灯光，心念五姑与女，必所不免。余此际不望生，但望死，忽觉神魂已脱躯壳。

及余醒，则为遭难第二日下半日矣。四瞩，竹篱茅舍，知是渔家。估客、五姑、女子无一在余侧，但有老人踞床理网，向余微笑曰："老夫黎明将渔舟载客归来。”余泣曰：“良友三人，咸葬鱼腹，余不如无生耳。”老人置其网，蔼然言曰：“客何为而泣也？天心仁爱，安知彼三人勿能遇救？客第安心，老夫当为客访其下落。”言毕，为余置食事。余问老人曰：“此何地？”老人摇手答曰：“先世避乱，率村人来此海边，弄艇投竿，怡然自乐，老夫亦不知是何地。”余复问老人姓氏。老人言：“吾名并年岁亦亡之，何有于姓？但有妻子。日出而作，日入而息耳。”余矍然曰：“叟其仙乎？”老人不解余所谓。余更问以甲子数目等事，均不识。

老人瞥见余怀中有时表，问是何物。余答以示时刻者，因语以一日廿四时，每时六十分，每分六十秒。老人正色曰：“将恶许用之，客速投于海中，不然者，争端起矣。”

明日，天朗无云，余出庐独行，疏柳微汀，俨然倪迂画本也，茅屋杂处其间。男女自云：不读书，不识字，但知敬老怀幼，孝悌力田而已；贸易则以有易无，并无货币，未尝闻评议是非之声；路不拾遗，夜不闭户。复前行，见一山，登其上一望，周环皆水，海鸟明灭，知是小岛，疑或近崖州西南。自念居此一月，仍不得五姑消息者，吾亦作波臣耳，吾安用生为？及归，见老人妻子，词气婉顺，固是盛德人也。

后数日，偕老人之子出海边行渔，远远见一女子，坐于沙上，既近，即是秋云，顾余若不复识。余询五姑行在，女始婉容加礼；一一为具言五姑无恙，有西班牙女郎同伴，但不知流转何方。余喜极，乘间叩梦珠事。女凄然曰：

“余诚负良友，上帝在天，今请为先生言之，先生长厚，必能谅其至冤。始吾村居，先君常叹梦珠温雅平旷，以余许字之，而梦珠未知也。一日，梦珠至余家，先君命余出见，余于无人处，以婴年所弄玉赠之。数日，侍婢于市见玉，购归，果所佩物。而吾家大祸至矣。

“先是有巨绅陈某，欲结褵吾族，先君谢之。自梦珠出家事传播邑中，疑不能明也：有谓先君故逼薛氏子为沙门，有谓余将设计陷害之。巨绅子闻之，强欲得余，便诬先君与邝常肃通。巡警至吾家，拔刃指几上《新学伪经考》以为铁证，以先君之名，登在逆籍。先君无以自明，吞金而殁。吾将自投于井，二姊秋湘阻之，携余至其家，以烛泪涂吾面，令无人觉，使老妪送余至香港依吾婶。一日，见《循环日报》载有僧侣名梦珠游印度，纡道星洲。余思叔父在彼经商，余往，冀得相遇。乃背吾婶，附贾舶南行。于今三年矣。

“余遭家不造，无父母之庇。一日不得吾友，即吾罪一日不逭。设梦珠忘我，我终为比干剖心而不悔耳！”

言至此，泪随声下。余思此女求友分深，爱敬终始，求之人间，岂可多得？徐慰之曰：“吾闻渠在苏州就馆，吾愿代小姐寻之。”女曰：“吾亦为先生寻五姑耳。”女云住海边石窟，言已遂别。余同老人子行阡陌间，老人与估客候余已久，余见估客愈喜，私念如五姑亦相遇于此，将同栖绝境，复何所求！

余三人居岛中共数晨夕，而五姑久无迹兆，心常动念。凡百余日，忽见海面有烟纹一缕，如有汽船经过。须臾，船果泊岸，余三人遂别岛中人登船。船中储枪炮甚富。估客颤声耳语余曰：“此曹实为海贼，将奈之何？”余曰：“天心自有安排，贼亦人耳，况吾辈身无长物，又何所顾虑？”时有贼人数辈，以绳缚秋云于桅柱，既竟，指余二人曰：“速以钱交我辈，如无者，投汝于海。”忽一短人自舱中出，备问余辈行踪，命解秋云。已而曰：“吾姓区，名辛，少有不臣之志，有所结纳，是故显名。船即我有，我能送诸君到香港，诸君屏除万虑可也。”

五日，船至一滩头，短人领余三人登岸，言此处距九龙颇近。瞬息，驶船他去。估客携其侄女归坚道旧宅。停数日，女为余整资装，余即往吴淞。维时海内鼎沸，有维新党、东学党、保皇党、短发党，名目新奇且多。大江南北，鸡犬不宁。余流转乞食两阅月，至苏州城。

一日，行经乌鹊桥，细雨濛濛，沾余衣袂。余立酒楼下，闻酒贩言：有广东人流落可叹者，依郑氏处馆度日；其人类有疯病。能食酥糖三十包，亦奇事也。于是过石桥，寻门叩问。有人出应，确是梦珠，惟瘦面，披僧衣。听余语颠末，似省前事，然言不及赠玉之人。心甚异之。饭罢，檐雨淅沥，梦珠灯下弹琴，弦轸清放。忽而据琴不弹，向余曰："秋云何人也？盍使我闻之乎？"余思人传其疯病，信然。余乃重述秋云家散，至星嘉坡苦寻梦珠及遇难各节。梦珠视余良久，漫应曰："我心亦如之。夫睹貌而相悦者，人之情也；吾今学了生死大事，安能复恋恋？"余甚不耐，不觉怫然曰："嗟乎！吾友如不思念旧情，则彼女一生贞洁，见累于君矣。"遂出。

至沪，遇旧友罗霏玉明经于别发书肆，因谈及梦珠事。霏玉言："梦珠性非孤介，意必有隐情在心。然秋云品格，亦自非凡，梦珠何为绝人如是？"余即曰："君与我当有以释梦珠之憾乎？"霏玉曰："窃所愿也。"

霏玉，番禺人，天性乐善，在梵王渡帮教英文，人敬且爱之。霏玉招余同居于孝友里。其祖母年八十三，蔼然仁人也。其妹氏名小玉，年十五，幽闲端美，笃学有辞采，通拉丁文，然不求知于人也；尝劝余以书招秋云来海上，然后使与梦珠相见。余甚善其言，但作书招秋云，未尝提及梦珠近况。小玉又云："吾国今日女子殆无贞操，犹之吾国殆无国体之可言，此亦由于黄鱼学堂之害（苏俗称女子大足者曰"黄鱼"）。女必贞，而后自由。昔者，王凝之妻因逆旅主人之牵其臂，遂引斧自断其臂。今之女子何如？"

此时闻叩环声，霏玉肃客入，即一细腰女郎，睨笑嫣然，望而知为苏产也。霏玉曰："密司爱玛远来，故倦矣。"女郎坐而平视余，问余姓氏。小玉答之。已而女郎要余并霏玉乘摩多车同游。既归，余问霏玉与此女情分何似，霏玉曰："吾语汝：吾去夏在美其饮冰忌连，时有女子隔帘悄立，数目余，忽入帘，莞尔示敬，似怜吾为他乡游子。此女能操英吉利语，自言姓卢，询知其来自苏州，省其姨氏。吾视此女颇聪慧，遂订交而别。是后，常以点心或异国名花见赠。秋间吾病，吾祖母及女弟力规吾勿与交游。吾自思纵此女果为狐者，亦当护我，我何可负义？明日复来，引臂替枕，以指检摩尔登糖纳吾口内，重复亲吾吻，嘱吾珍重而去。如是者十数次，吾病果霍然脱体。即吾祖母亦感此女诚挚，独吾妹于此女多微辞。今吾质之于子，此女何如人也？"余未有以答。

数日，女盛服而至，谓霏玉曰："吾母在天赐庄病甚，不获已而告贷于君。"霏玉以四百元应之。省其家贫亲老，更时有接济，前后约三千元。

女一夕于月痕之下，抚霏玉以英语告之曰："I don't care for anybody in the whole world but you. I love you."

秋候已过，霏玉与女遂定婚约。

至十一月二十六日，午膳毕，霏玉静坐室中，久乃谓余曰："吾甚觉耳鸣，烦为吾电告龙飞备乘，吾将与子驰骋郊野。"俄车至，余偕霏玉出游，过味莼园，男女杂沓。霏玉隔窗窥之，愕视余曰："归欤？"吾亦以此处空气劣，不宜留，遂行。霏玉于途中忽执吾手狂笑不已，问之，弗答。吾恐霏玉有心病，令马夫驶马速行。至家，余扶将以入。

此时，霏玉踞椅如有所念，余知必有异事。时见小玉于女红坐处告余，有西班牙女子名碧伽，修刺求见，自云过三日重来。霏玉闻言甚欣悦，祝余曰："是为五姑将消息者。"余心稍解。讵知霏玉即以此夕自裁于卧内！

明晨，余电问龙飞马夫昨日味莼园曾有何事。答云："卢氏姑娘与绸缎庄主自由结婚耳。"余始晓霏玉所以狂笑之故。然余不欲其祖母、妹氏知霏玉为女所给，今笔之于书以示人者，亦以彰吾亡友为情之正者也。

吾友霏玉辞世后三日，碧伽女士果来，握余手言曰："五姑自遭难以来，无时不相依，思君如婴儿念其母，吾父亦爱五姑如骨肉。谁知五姑未三月已成干血症，今竟长归天国。五姑是善人，吾父尝云：'五姑当依玛利亚为散花天使。'今有一简并发，敬以呈君。简为五姑自书；发则吾代剪之，盖五姑无力持剪。吾父居香港四十九年，吾生于香港，亦谙华言。遇秋云小姐，故知君在此。今兹吾事已毕，愿君珍重！"女复握余手而去。余不敢开简，先将发藏衣内，惊极不能动。隔朝，拭泪启之，其文曰：

妾审君子平安，吾魂甚慰。妾今竟以病而亡，又不亡于君子之侧，为悲为恨，当复何言？始妾欲以奄奄一息之躯，渡海就君子；而庄湘老博士不余许，谓若渡海，则墓亦不得留在世间，为君子一凭吊之，是何可者？博士于吾，良有恩意。妾故深信来生轮回之说，今日虽不见君子，来世岂无良会？妾惟愿君子见吾字时，万勿悲伤，即所以慰妾灵魂也。君子他日过港，问老博士，便得吾墓。

简外附庄湘博士住址，余并珍藏之。

时霏玉祖母及妹归心已炽，议将霏玉灵柩运返乡关。余悉依其意，于是趁海舶归香港。既至，吾意了此责，然后谒五姑之墓。遂雇一帆船赴乡，计舟子五人。船行已二日，至一山脚，船忽停于石步。时薄暮，舟子齐声呼曰："有贼！有贼！"胁使余三人上岸。岸边有荒屋，舟子即令余三人匿其中，诫勿声。余思广东故为盗邑，亦不怪之。达晓，舟子来笑曰："贼去矣。"复行大半日，至一村，吾不审村名。舟子曰："可扶榇以上，去番禺尚有八十四五里。"舟子抬棺先行，余三人乘轿随后。余在途中听土著言语，知是地实近羊城，心知有变。忽巡勇多人，荷枪追至，喝令停止。余甫出轿，一勇拉余襟，一勇挥刀指余鼻曰："尔胆大极矣！"言毕，重缚余身。余曰："余送亡友罗明经灵柩归里，未尝犯法。尔曹如此无礼，意何在也？"视前面轿夫舟子，都弃棺而逃，惟霏玉祖母及妹相持大哭。

俄一勇令开棺，刀斧锵然有声。时霏玉祖母及妹相抱触石而死，勇见之不救，余心俱碎。小间，棺盖已启，余睨棺内均黑色。余勇启之，乃手枪、子弹、药包，而亡友之躯，杳然无睹，余晕厥仆地。

比醒，余身已系狱中。思欲自杀，又无刀，但以头碰壁，力亦不胜。狱中有犯人阻余，徐曰："子毋尔！今日即吾处斩之日。闻之狱卒云，子欲以炸药焚督署，至早亦须明日临刑。计子命尚多我一日；且子为革命党，党中或有勇士相救，亦意中事，愿子勿寻短见。若我乃罪大恶极之人，虽有隐忧，无可告诉。冤哉吾妻也！"余答之曰："吾实非党人，吾亦不望更生人世。然子有隐恫，且剖其由，吾固可忍死须臾，为子听之。"犯人曰："吾父为望族，英朗知名。父有契友，固一乡祭酒，与吾父约，有子女必谐秦晋。时吾在母腹中仅三月，吾父已指腹为吾订婚矣。及吾堕地后七日，吾妻亦出世。吾长，奢豪爱客，而朋辈无一善人，吾亦沦于不善，相率为伪，将吾父家资荡尽，穷无所依，行乞过日。吾外家悔婚，阴使人置余死地者三次。吾妻年仅十七，知大义，尝割臂疗父病，刚自英伦归，哭谏曰：‘是儿命也，何可背义？’其父母不听。适吾行乞过其村，宿破庙中。吾妻将衣来，为吾易之，劝余改过自新，且赠余以金。天明，余醒，思此事甚奇，此金必为神所赉，即趋至赌馆，一博去其半，再博而尽，遂与博徒为伍，时余实不知其为偷儿也。前晚雁塘村之事，非我为之，不过为彼曹效奔走，冀得一饱。杀人者已逍遥他去，余以饥不能行，是以被逮。然吾未尝以真名姓告人，恐伤吾妻。”言至此，狱卒入曰：“去！”犯人知受刑之时已到，泪涟涟随狱卒去矣。

余记往昔有同学偶言玉鸾事，与此吻合，犯人殆玉鸾之未婚夫耶？因叹曰：“嗟乎！天生此才，在于女子，而所遇如斯，天之所赋，何其驳欤？”

少选，狱卒复来，怒目喝余曰：“汝即昙鸾乎？速从我来！”遂至一厅事，人甚众，一白面书生指余曰：“是即浙江巡抚张公电嘱释放之人。此人不胜匕箸，何能为盗？”众以礼送余出。余即渡香港，先访秋云。秋云午绣方罢，乃同余访庄湘博士。博士年已七十有六，盖博学多情、安命观化之人也，导余拜五姑之墓如仪。博士曰：“愿君晚佳。”遂别。

无何，春序已至，余同秋云重至海上寻梦珠。既至苏州，有镜海女塾学生语秋云云：“梦珠和尚食糖度日，苏人无不知之。近来寄身城外小寺，寺名无量。”余即偕秋云访焉。至则松影在门，是日为十五日也。余见寺门虚掩，嘱秋云少延伫以待，余入。时庭空夜静，但有佛灯，光摇四壁。余更入耳房，亦阒然无人，以为梦珠未归，遂出。至廊次，瞥见阶侧有偶像，貌白皙，近瞻之，即梦珠瞑目枯坐，草穿其膝。余呼之，不应，牵其手，不动如铁，余始知梦珠坐化矣。亟出，告秋云。秋云步至其前，默视无一语。忽见其襟间露绛纱半角，秋云以手挽出，省览周环。已而，伏梦珠怀中抱之，流泪亲其面。余静立，忽微闻风声，而梦珠肉身忽化为灰，但有绛纱在秋云手中。秋云即以绛纱裹灰少许，藏于衣内。此时风续续而至，将灰吹散，惟余秋云与余二人于寺。秋云曰："归。"遂行。

至沪，忽不见秋云踪迹。余即日入留云寺披剃。一日，巡抚张公过寺，与上座言："曾梦一僧求救其友于羊城狱中。后电询广州，果然，命释之。翌晚，复梦僧来道谢。宁非奇事？"余乃出，一一为张公述之。张公笑曰："子前生为阿罗汉。好自修持。"

后五年，时移俗易，余随昙谛法师过粤，途中见两尼：一是秋云，一是玉鸾。余将欲有言，两尼已飘然不知所之。

碎簪记

余至西湖之第五日，晨餐甫罢，徘徊于南楼之上，钟声悠悠而逝，遥望西湖风物如恒，但与我游者乃不同耳。计余前后来此凡十三次；独游者九次，共昙谛法师一次，共法忍禅师一次，共邓绳侯、独秀山民一次，今即同庄湜也。此日天气阴晦，欲雨不雨，故无游人，仅有二三采菱之舟出没湖中。余忽见杨缕毵毵之下，碧水红莲之间，有扁舟徐徐而至。更视舟中，乃一淡装女郎，心谓此女游兴不浅，何以独无伴侣？移时，舟停于石步，此女风致，果如仙人也。至旅邸之门，以吾名氏叩阍者。阍者肃之登楼。余正骇异，女已至吾前，盈盈为礼，然后郝然言曰："先生幸恕唐突。闻先生偕庄君同来，然欤？"余漫应曰："然。"女曰："妾为庄君旧友，特来奉访。敬问先生，庄君今在否？"余曰："晨朝策马自去，或至灵隐、天竺间，日暮归来，亦未可定。君有何事？吾可代达也。"尔时，女若有所思，已而复启余曰："妾姓杜，名灵芳，住湖边旅舍第六号室。敬乞传语庄君，明日上午惠过一谈。但有渎精神，良用歉仄耳。"余曰："敬闻命矣。"女复含郝谢余，打桨而去。余此际神经，颇为此女所扰，此何故哉？一者，吾友庄湜恭慎笃学，向未闻与女子交游，此女胡为乎来？二者，吾与此女无一面之雅，何由知吾名姓？又知庄湜同来？三者，此女正当绮龄，而私约庄湜于逆旅，此何等事？若谓平康挟瑟者流，则其人仪态万方，非也；若谓庄湜世交，何以独来访问，不畏多言耶？余静坐沉思，久乃耸然曰："天下女子，皆祸水也！"余立意既定，抵暮，庄湜归，吾暂不提此事。

明日，余以电话询湖边旅舍曰："六号室客共几人？"曰："母女并婢三人。"曰："从何处来？"曰："上海。"曰："有几日住？"曰："饭后乘快车去。"余思：此时即使庄湜趋约，亦不能及。又思：此亦细事，吾不语庄湜，亦未为无信于良友也。

又明日为十八日，友人要余赴江头观潮，并观三牛所牵舟；庄湜倦，不果行。迄余还，已灯火矣。余不见庄湜，问之阍者。阍者云其于六句钟得一信，时具晚膳，独坐不食，须臾外出，似有事也。余即往觅之，沿堤行至断桥，方见庄湜临风独盼。余曰："露重风多，何为不归？"庄湜不余答，但握余手，顺步从余而返。至旅邸，余疲甚，即就寝，仍未与言女子过访之事也。余至夜半忽醒，时明月侵帘，余披衣即帘下窥之，湖光山色，一一在目，此景不可多得。余欲起与庄湜同观，正衣步至其榻，榻空如也，余即出楼头觅之。时万籁俱寂，瞥眼见庄湜枯立栏前。余自后凭其肩，藉月光看其面，有无数湿痕。余问之曰："子何思之深耶？"庄湜仍不余答，但悄然以巾掩泪。余心至烦乱，不知所以慰之，惟有强之就榻安眠，实则庄湜果能安眠否，余不知之，以余此夜亦似睡而非睡也。

翌朝，余见庄湜面灰白，双目微红，食不下咽，其心似曰："吾幽忧正未有艾，吾殆无机复吾常态，与畏友论湖山风月矣。"饭罢，余庄容语之曰："子自昨日神色大变，或有隐恫在心，有触而发，未尝与吾一言，何也？试思吾与子交厚，昨夜睹子情况，使吾与子易地而处，子情何以堪？"此时，余反复与言，终不一答。余不欲扰其心绪，遂与放舟同游，冀有以舒其忧郁，而庄湜始终不稍吐其心事。余思庄湜天性至厚，此事不欲与我言者，必有难言之隐，昨日阍者所云得一信，宁非女郎手笔？吾不欲与庄湜提女子事者，因吾知庄湜用情真挚，而年鬓尚轻，恐一失足，万事瓦解。

吾非谓人间不得言爱也。今兹据此情景，则庄湜定与淡装女郎有莫大关系，吾老于忧患矣，无端为庄湜动我缠绵悱恻之感，何哉？余同庄湜既登孤山，见“碧睛国”人数辈，在放鹤亭游览。忽一碧睛女子高歌曰：“Love is enough. Why should we ask for more？”女歌毕，即闻空谷作回音，亦曰：“Love is enough. Why should we ask for more？”时一青年继曰：“Oh！ You kid！ Sorrow is the depth of Love.”空谷作抗音如前。游人均大笑。余见庄湜亦笑，然而强笑不欢，益增吾悲耳。

连日天晴湖静，余出必强庄湜同行。余视庄湜愁潮稍退，渐归平静之境，然庄湜弱不胜衣，如在大病之后。余则如泛大海中，但望海不扬波，则吾友之心庶可收拾。一日，庄湜忽问余曰：“吾骑马出游之日，曾有老人觅我否？”余即曰：“彼日觅子者，非老人，乃一女郎。”庄湜愕视余曰：“女子耶？彼曾有何语？”余始将前事告之，并问曰：“彼女子何人也？”庄湜思少间，答曰：“吾知之而未尝见面者也。”余曰：“始吾不欲以儿女之情扰子游兴，故未言之。今兹反使我不能无问者，子何为得书而神变耶？吾思书必为彼女子所寄，然耶？否耶？”庄湜急曰：“否，乃叔父致我者。”余又问曰：“然则书中所言，与女子过访不相涉耶？”庄湜曰：“彼女过访，实出吾意料之外，君言之，我始知之。”余又问曰：“如彼日子未外出，亦愿见彼女子否？”庄湜曰：“不愿见之。”余又问曰：“子何由问我有无老人来过？彼老人何人也？”庄湜曰：“恐吾叔父来游，不相值耳。”

无何，秋老冬初，庄湜束装归去。余以肠病复发，淹留湖上，或观书，或垂钓，或吸吕宋烟，用已吾疾，实则肠疾固难已也。

他日，更来一女子，问庄湜在否。余曰：“早已归去。”余且答且细瞻之，则容光靡艳，丰韵娟逸，正盈盈十五之年也。女闻庄湜已归，即惘惘乘轩去。余沉吟叹曰：“前后访庄湜者两人，均丽绝人寰者也。今姑不问二人与庄湜何等缘分，然二人均以不遇庄湜忧形于色，则庄湜必为两者之意中人无疑矣，但不知庄湜心在阿谁边耳。”又思：“庄湜曾言不愿见前之女子，今日使庄湜在者，愿见之乎，抑不愿见之乎？吾今无从而窥庄湜也。

夫天下最难解决之事，惟情耳。庄湜宵深掩泪时，余心知此子必为情所累，特其情史未之前闻。余又深信庄湜心无二色，昔人有言：‘一丝既定，万死不更。’庄湜有焉。今探问庄湜者，竟有二美，则庄湜之不幸，可想而知。哀哉！恐吾良友，不复永年。故余更曰：‘天下女子，皆祸水也！’”

半月，余亦归沪，行装甫卸，即访庄湜。其婶云：“湜日来忽发热症，现住法国医院。”余驰院视之。庄湜见余，执余手，不言亦不笑。余问之曰：“子病略愈否？”庄湜但点首而已。余抚其额，热度亦不高。余此时更不能以第二女访问之事告之，故余亦无言，默坐室内，可半句钟，见庄湜闭睫而卧。适医者入，余低声以病状问医者。医者谓其病症甚轻，惟神经受伤颇重，并嘱余不必与谈往事。医者既行，余出表视之，已八句钟又十分矣。余视庄湜贴然而睡，起立欲归，方启扉，庄湜忽张目向余曰：“且勿遽行，正欲与君作长谈也。”余曰：“子宜静卧，吾明晨再至。”庄湜曰：“吾事须今夕告君。君请坐，吾得对君吐吾衷曲，较药石为有效验。吾见君时，心绪已宁。更有一事：吾今日适接杜灵芳之简，约于九句钟来院。吾向医者言明，医者已许吾谈至十句钟为止。此子君曾于湖上见之，于吾为第一见，故吾求君陪我，或吾辞有不达意者，君须助我。君为吾至亲爱之友，此子亦为吾至亲爱之友，顾此子向未谋面，今夕相逢，得君一证吾心迹，一证彼为德容俱备之人，异日或能为我求于叔父，于事兹佳。”庄湜且言且振作其精神，不似带病之人，余心始释，然余思今夕处此境地，实生平所未经，盖男女慕恋，憔悴哀痛而外无可言，吾何能于其间置一词哉？继念庄湜今以一片真诚求我，我何忍却之？余复默坐。

少间，女郎已至，驻足室外。庄湜略起，肃之人。余鞠躬与之为礼，庄湜肃然言曰：“吾心慕君，为日非浅，今日始亲芳范，幸何如也！”此际女郎双颊为酡，羞赧不知所对。庄湜复曰：“在座者，即吾至友曼殊君，性至仁爱，幸勿以礼防为隔也。”女始低声应曰：“知之。”庄湜曰：“吾无时不神驰左右，无如事多乖忤，前此累次不愿见君者，实不得已。未审令兄亦尝有书传达此意否？”女复应曰：“知之。”庄湜曰：“余游西湖之日，接叔父书，谓闻人言，君受聘于林姓，亲迎有日，然欤？”女容色惨沮，而颤声答曰：“非也。”庄湜继曰：“如此事果确者，君将何以……”语未毕，女截断言曰：“碧海青天，矢死不易吾初心也！”庄湜心为摧折，不复言者久之。女忽问曰：“妾中秋侍家母之钱塘观潮，令叔已知之耶？”庄湜曰：“或知之也。”女曰：“妾湖上访君未遇，令叔亦知之耶？”庄湜曰：“惟吾与曼珠君知之耳。”女曰：“令叔今去通州，何日归耶？”庄湜曰：“不知。”女郎至此，欲问而止者再，已而嗫嚅问曰：“君为莲佩女士曾见面否？与妾同乡同塾，其人柔淑堪嘉也。”庄湜曰：“吾居青岛时，曾三次见之，均吾婶绍介。”女曰：“君偕曼殊君游湖所在，是彼告我者，彼今亦在武林，未与湖上相遇耶？”庄湜曰：“且未闻之。”此际，余始得向庄湜插一言曰：“子行后，果有女子来访。”女惊向余曰：“请问先生，得毋密发虚鬟、亭亭玉立者欤？”余曰：“是矣。”庄湜闻言，泪盈其睫。女郎蹶然就榻，执庄湜之手，泫然曰：“君知妾，妾亦知君。”言次，自拔玉簪授庄湜曰：“天不从人愿者，碎之可耳。”余心良不忍听此女作不祥之语。余视表，此时刚十句钟矣，余乃劝女郎早归，俾庄湜安歇。女郎默默与余握手，遂凄然而别。

嗟乎！此吾友庄湜与灵芳会晤之始，亦即会晤之终也。

余既别庄湜、灵芳二人而归，辗转思维，终不得二子真相。庄湜接其叔书，谓灵芳将结缡他姓，则心神骤变，吾亲证之，是庄湜爱灵芳真也。余复思灵芳与庄湜晋接时，虽寥寥数语，然吾窥伺此女有无限情波，实在此寥寥数语之外；余又忽忆彼与余握别之际，其手心热度颇高：此证灵芳之爱庄湜亦真也。据二子答问之言推之，事或为其叔中梗耳。庄湜云与莲佩凡三遇，均其婶氏引见，则莲佩必为其叔婶所当意之人。灵芳问我“密发虚鬟、亭亭玉立”此八字者，舍湖上第二次探问庄湜之女郎而外，吾固不能遽作答辞也。然则所谓莲佩女士者，余亦省识春风之面矣。第未审庄湜亦爱莲佩如爱灵芳否？莲佩亦爱庄湜如灵芳否？既而余愈思愈见无谓，须如此乃庄湜之情关玉扃，并非属我之事也，又奚可以我之理想，漫测他人情态哉？余乃解衣而睡，遂入梦境。顾梦境之事，似与真境无有差别。

但以我私心而论，梦境之味，实长于真境滋多，今兹请言吾梦——

梦偕庄湜、灵芳、莲佩三子，从锦带桥泛棹里湖，见四围荷叶已残破不堪，犹自战风不已，时或泻其泪珠，一似哀诉造物。余怜而顾之。有一叶摇其首而对余曰：“吾非乞怜于尔，尔何不思之甚也？”将至西泠桥下，灵芳指水边语莲佩曰：“此数片小花，作金鱼红色者，亦楚楚可人，先吾亲见之而开，今吾复亲见之而谢，此何花也？”莲佩曰：“吾未识之，非证花耶？”庄湜转以问余。余曰：“此与蘋同种而异类，俗名‘鬼灯笼’，可为药料者也。”言时，已过西泠桥。灵芳、莲佩忽同声歌曰：“同携女伴踏青去，不上道旁苏小坟。”俄而歌声已杳，余独卧胡床之上，窗外晨曦在树，晓风新梦，令人惘然。

余饭后复至医院，以紫白相间之花十二当赠庄湜。庄湜静卧榻上。昨夕之事，余不欲重提只字，乃絮论湖上之游，明知此于庄湜为不入耳之言，然余不得不如是也。余见昨夕女所遗簪，犹在枕畔，因谓庄湜曰：“此物子好自藏之。”庄湜开眸微视，则摇其首。余为出其巾裹之，置枕下。已而，庄湜向余曰：“吾婶晨朝来言，吾叔将归与吾同居别业。”余曰：“令叔年几何？”庄湜曰：“六十一。”继曰：“吾叔屡次阻吾与灵芳相见，吾至今仍不审其所以然。然吾心爱灵芳，正如爱吾叔也。”余顺问曰：“灵芳之兄何人也？”庄湜曰：“吾同学而肝胆照人者也。”余曰：“彼今何在？”曰：“瑞士。”余曰：“有书至否？”曰：“有，书皆为我与灵芳之事者。”余曰：“云何？”曰：“劝我要求阿婶，早订婚约。但吾婶之意，则在莲佩。”余曰：“莲佩何如人耶？”曰：“彼为吾婶外甥，幼工刺绣，兼通经史，吾婶至爱之。”余即接曰：“子亦爱之如爱灵芳耶？”庄湜微叹而曰：“吾亦爱之如吾婶也。”余曰：“然则二美并爱之矣？”庄湜复叹曰：“君思‘弱水三千’之义，当识吾心。”余曰：“今问子，心所先属者阿谁？”曰：“灵芳。”余曰：“子先觌面者为莲佩，而先属意者乃灵芳，其故可得闻欤？”曰：“前者吾游京师，正袁氏欲帝之日。某要人者，吾故人也。一日，招我于其私宅，酒阑，出文书一纸，嘱余译以法文，余受而读之，乃通告列国文件，盛载各省劝进文中之警句，以证天下归心袁氏。余以此类文句，译成国外之语，均虚妄怪诞、谄谀便辟之辞，非余之所能胜任也，于是敬谢不敏。某要人曰：'子不译之，可。今但恳子联名于此。愿耶？'余曰：'余非外交官，又非元老，何贵署区区不肖之名？'遂与某要人别。三日，有巡警提余至一处，余始知被羁押。时杜灵运为某院秘书，闻吾为奸人所陷。鼎力为余解免。事后充职，周游大地，今羁瑞士。灵运弱冠失父，偕灵芳游学罗马四年，兄妹俱有令名者也。当余新归海上，偕灵运卜居涌泉路，肥马轻裘与共。灵运将行，余与之同摄一小影，为他日相逢之券。积日灵运微示其贤妹之情，拊余肩而问曰：'亦有意乎？'余感激几于泣下，其时吾心许之，而未作答词焉。吾思三日，乃将灵运之言闻于叔婶，叔婶都不赞一辞，吾亦置之不问。一日，灵运别余，萧然自去。灵运情义，余无时不深念之。顾虽未见其妹之面，而吾寸心注定，万劫不能移也！"余曰："子既爱之，而不愿见之，是又何故？"庄湜曰："始吾不敢有违叔父之命也。"

余曰："佳哉！为人子侄，固当如是。今吾思令叔之所以不欲子与灵芳相见者，亦以子天真诚笃，一经女子眼光所摄，万无获免。此正令叔慈爱之心所至，非猜薄灵芳明矣。吾今复有一言进子：以常理度之，令叔婶必为子安排妥当，子虽初心不转，而莲佩必终属子。子若能急反其所为，收其向灵芳之心，移向莲佩，则此情场易作归宿，而灵芳亦必有谅子之一日。不然者，异日或有无穷悲慨，子虽入山，悔将何及？"余言至此，庄湜面色顿白，身颤如冒寒。余颇悔失言，然而为庄湜计，舍此再无他言可进。余待庄湜神息少靖乃去。

数日，其叔婶果挈庄湜居于江湾之别业。余往访之，见其叔手《东莱博议》一卷，坐藤椅之上，且观且摇其膝。庄湜引余至其前曰："阿叔，此吾友曼殊君，同吾游武林者也。"其叔闻言，乃徐徐脱其玳瑁框大眼镜，起立向余略点其首，问曰："自上海来乎？"余曰："然。"又曰："吾闻汝足迹半天下，甚善，甚善。今日天色至佳，汝在此可随意游览。"余曰："敬谢先生。"时侍婢将茶食呈于藤几之上。庄湜引余坐定，其叔劝进良殷，以手取山楂糕、糖莲子分余，又分庄湜。余密觇其爪甲颇长，且有黑物藏于爪内，余心谓："墨也，彼必善爪书。"

茶既毕，庄湜导余观西苑。余且行且语庄湜曰："令叔和蔼可亲，子试自明心迹，于事或有济也。"庄湜曰："吾叔恩重，所命靡不承顺，独此一事，难免有逆其情意之一日，故吾无日不耿耿于怀。迹吾叔心情，亦必知之而怜我；特以此属自由举动，吾叔故谓蛮夷之风，不可学也。"

尔时隆隆有车声，庄湜与余即至苑门。车门既启，一女子提其纤鞋下地，余静立瞻之，乃临存湖上之第二女郎也。女一视余，即转目而视庄湜，含娇含笑，将欲有言。余知庄湜中心已战栗，但此时外貌矫为镇定。女果有言曰："闻玉体有恙，今已平善耶？"庄湜曰："谢君见问，愈矣。"女曰："吾前归自青岛，即往武林探君，不料君已返沪。"言至此，回其清盼而问余曰："曼殊先生归几日矣？"余曰："归已六日。"女少思，已而复问庄湜曰："湖上遇灵芳姊耶？"庄湜曰："彼时适外出，故未遇之。"女急续曰："然则至今亦未之见面耶？"此语似夙备者。斯时庄湜实难致答，乃不发一言。女凝视庄湜，而目中之意似曰："枕畔赠簪之时，吾一一知之矣。"

少选，侍婢请女入。余同庄湜往草场中，徘徊流盼。忽而庄湜颜色惨白，凝立不动。余再三问之，始曰："余思及莲佩前此垂爱之情及阿婶深恩，而吾今兹爱情所向，乃乖忤如是，中心如何可安？复悟君前日训迪之言，吾心房碎矣！"余见庄湜忧深而言婉，因慰之曰："子勿戚戚弗宁，容日吾当代子陈情于令叔，或有转机，亦未可料。"实则余作此语，毫无把握。然而溺于爱者，乃同小儿，其视吾此语，亦如小儿闻人话饼，庄湜又焉知余之所惴惴者耶？余辞庄湜归，中途见一马车瞥然而过，车中人即莲佩也，其眼角颇红。余心叹此女实天生情种，亦横而不流者矣。方今时移俗易，长妇姹女，皆竟侈邪，心醉自由之风，其实假自由之名而行越货，亦犹男子借爱国主义而谋利禄。自由之女，爱国之士，曾游女、市侩之不若，诚不知彼辈性灵果安在也！盖余此次来沪，所见所闻，无一赏心之事。则旧友中不少怀乐观主义之人，余平心而论，彼负抑塞磊落之才，生于今日，言不救世，学不匡时，念天地之悠悠，惟有强颜欢笑，情郁于中，而外貌矫为乐观，迹彼心情，苟谓诸国老独能关心国计民生，则亦未也。

迄余行至黄浦，时约十句钟，扪囊只有铜板九板，心谓为时夜矣，复何能至友人住宅？昔余羁异国，不能谋一宿，乃驿路之待客室，吸烟待旦，此法独不能行之上海。余径至一报馆访某君。某君方埋首乱纸堆中，持管疾书，见余，笑曰："得毋谓我下笔千言，胸无一策者耶？"余曰："此不生问题者也。夜深吾无宿处；故来奉扰。"某君曰："甚善。吾有烟榻，请子先卧，吾毕此稿，即来共子聚谈。吾每日以'勋爵勋爵，入阁入阁'诸名词见累，正欲得素心人一谈耳。"余问曰："子于何时就寝？"某君曰："明晨五六句钟始能就寝。子不知报馆中人，一若依美国人之起卧为准则耶？"余曰："然则听我去睡，明晨五六句钟，适吾起时也。"某君曰："子自卧，吾自为文。"余乃和衣而睡。

明晨，余更至一友人家。友人顾问余曰："子冬衣犹未剪裁。何日返西湖去？"余曰："未定。"友人出百金纸币相赠曰："子取用之。"余接金，即至英界购一表，计七十元，意离沪时以此表还赠其公子上学之用，亦达其情。余购表后，又购吕宋烟二十元之谱，即返向日寄寓友人之处。

翌日，接庄湜笺，约余速往。余既至，庄湜即牵余至卧室，细语余曰："吾婶明日往接莲佩来此同住，吾今殊难为计，最好君亦暂寓舍间，共语晨夕；若吾一人独居，彼必时来缠扰。彼日吾冷然对之，彼怅惘而归，吾知彼必有微言陈于吾婶也。"余曰："尊婶尚有何语？"庄湜曰："此消息得之侍婢，非吾婶见告者。"余曰："余一周之内，须同四川友人重赴西湖，愧未能如子意也。"庄湜曰："使君住此一周亦佳，不然者，吾惟有逃之一法。"余即曰："子逃向何处？"庄湜曰："吾已审思，如事迫者，吾惟有约灵芳同往苏州或长江一带商埠。"余曰："灵芳知子意否？"庄湜曰："病院一别，未觉再见，故未告之。"余曰："善，余来陪子住，细细商量可也。子若贸然他遁，此下下策，余不为子取也。"余是日即与庄湜同居，其叔婶遇余，一切殷渥，余甚感之。

明日，莲佩亦迁来南苑，所携行李甚简单，似不久住也者。余见庄湜与莲佩每相晤面，亦不作他语，但莞尔示敬而已。有时见莲佩伫立厅前，庄湜则避面而去，莲佩故心知之而无如何也。

一日，天阴，气候颇冷，余同庄湜闲谈书斋中。忽见侍婢捧百叶水晶糕进，曰："此燕小姐新制，嘱馈公子并客。"庄湜受之。侍婢去未移时，而莲佩从容含笑入斋，问起居。庄湜此时无少惊异，亦不表殷勤之貌，但曰："多谢点心。请燕小姐坐近炉次，今日气候甚寒也。"莲佩待余两人归原座，乃敛裾坐于炉次，盖服西装也，上衣为雪白毛绒所织，披其领角，束桃红领带，状若垂巾，其短裾以墨绿色丝绒制之，着黑长袜，履十八世纪流行之舄，乃玄色天鹅绒所制，尖处结桃红 ribbon，不冠，但虚鬟其发，两耳饰钻石作光，正如乌云中有金星出焉。余见庄湜危坐，不与之一言，余乃发言问曰："燕小姐尝至欧美否？"莲佩低鬟应曰："未也。吾意二三年后，当往欧洲一吊新战场。若美洲，吾不愿往，且无史迹可资凭睐，而其人民以 make money 为要义，常曰：'Two dollars is always better than one dollar.'视吾国人直如狗耳，吾又何颜往彼都哉？人谓美国物质文明，不知彼守财虏，正思利用物质文明，而使平民日趋于贫。故倡人道者有言曰：'使大地空气而能买者，早为彼辈吸收尽矣。'此语一何沉痛耶！"言已，出素手加煤于炉中。庄湜乘间取书自阅。莲佩加煤既已，遂辞余两人，回身敛裾而去。余语庄湜曰："斯人恭让温良，好女子也。"庄湜愁叹不语。余乃易一新吕宋烟吸之，半及其半，庄湜忽抛书语余曰："此人于英法文学，俱能道其精义，盖从苏格兰处士查理司习声韵之学五年有半，匪但容仪佳也，此人实为我良师，吾深恨相逢太早，致反不愿见之。嗟夫，命也！"庄湜言时，含泪于眶。顷之，谓余曰："君今同我一访灵芳可乎？其兄久无书至，吾正忧之。"余曰："可。"遂同行。至巴子路，问其婢，始知灵芳母女往昆山已数日，乃怅怅去之。比归别业，则见莲佩迎于苑门之外，探怀出一函，呈庄湜曰："是灵芳姊手笔，告我云已至昆山，不日返也。"

翌日，天气清明，饭罢，庄湜之婶命余等同游。其别业旧有二车，此日二车均多添一马，成双马车。是日，莲佩易紫罗兰色西服。余等既出，途中行人莫不举首惊望，以莲佩天生丽质，有以惹之也。甫至南京路，日已傍午，余等乃息于春申楼进午餐焉。当余等凭阑俯视之际，余见灵芳于马路中乘车而过，灵芳亦见余等，但庄湜与莲佩并语，未之见，余亦不以告之，餐罢，即往惠罗、汇司诸肆购物，以莲佩所用之物，俱购自西肆者。是日，莲佩倍觉欣欢，乃益增其媚。庄湜即奉承婶氏慈祥颜色，亦不云不乐。余即类星轺随员，故无所增减于胸中。莲佩复自购泰西银管四枝，赠庄湜一双，赠余一双；观剧之双眼镜二，庄湜一，余一。诸事既毕，即往徐园，而徐家汇，而梁园，而崔圃。游兴既阑，庄湜请于其婶曰："今夕不归别业，可乎？"其婶曰："不归，固无不可，但旅馆太不洁净。"庄湜曰："有西人旅舍曰圣乔治，颇有幽致。如阿婶愿之，吾今夕当请阿婶观泰西歌剧。"其婶即曰："今夕闻歌，是大佳事，但汝须恭请燕小姐为我翻译。"庄湜曰："善。"

向晚，余等遂往博物院剧场。至则泰西仕女云集，盖是夕所演为名剧也。莲佩一一口译之，清朗无异台中人，余实惊叹斯人灵秀所钟。余等已观至两句钟之久，而莲佩犹滔滔不息。忽一乌衣子弟登台，怒视坐上人，以凄丽之音言曰："What the world calls love, I neither know nor want. I know God's love, and that is not weak and mild. That is hard even unto the terror of death; it offers caresses which leave wounds. What did God answer in the olive grove, when the Son lay sweating in agony, and prayed and prayed: 'Let his cup pass from me!' Did he take the cup of pain from his mouth? No, child, he had to drain it to the depth."莲佩至此，忽停其悬河之口。庄湜之婶问之曰："何以不译？"再问，而莲佩已呆若木鸡。余与庄湜俱知莲佩尔时深为感动。但庄湜之婶以为优人作狎辞，即亦不悦，遂命余等归于旅邸。既归，余始知是日为莲佩生日也。

明日凌晨，莲佩约庄湜共余出行草地中，行久之，莲佩忽以手轻扶庄湜左臂，低首不语，似有倦态，梨涡微泛玫瑰之色。庄湜则面色转白，但仍顺步徐行。比至廊际，余上阶引彼二人至一小客室，谓庄湜曰：“晨餐尚有一句半钟，吾侪暂歇于此。子听鸟声乎？似云：‘将卒岁也。’”莲佩闻余言，引领外盼，已而语庄湜曰：“汝观郊外木叶，半已零坠，飞鸟且绝迹，雪景行将陈于吾人睫畔。”且言且注视庄湜。奈庄湜一若罔闻，拈其表链，玩弄不已。余忽见有旅客手执网球拍，步经客室而去，余亦随之往观，已有二女一男候此人于草地。余观彼四人击网球，技甚精妙，余返身欲呼庄湜、莲佩同观。岂料余至客室，则见庄湜犹痴坐梳花椅上，目注地毡，默不发言；莲佩则偎身于庄湜之右，披发垂于庄湜肩次，哆其唇樱，睫间颇有泪痕，双手将丝巾叠折卷之，此丝巾已为泪珠湿透。二人各知余至，莲佩心中似谓：“吾今作是态者，虽上帝固应默许。吾钟吾爱，无不可示人者。”而庄湜此时心如冰雪。须知对此倾国弗动其怜爱之心者，必非无因，顾莲佩芳心不能谅之，读者或亦有以恕莲佩之处。在庄湜受如许温存腻态，中心亦何尝不碎？第每一思念“上帝汝临，无二尔心”之句，即亦凛然为不可侵犯之男子耳。余问庄湜曰：“尊婶睡醒未？”庄湜微曰：“吾今往谒阿婶。”遂藉端而去。莲佩即起离椅，就镜台中理其发，而后以丝巾净拭其靥。余中心甚为莲佩凄恻，此盖人生至无可如何之事也。

迄余等返江湾，庄湜频频叹喟，复时时细诘侍婢。是夕，余至书斋觅书，乃见庄湜含泪对灯而坐。余即坐其身畔，正欲觅辞慰之，庄湜凄声语余曰：“灵芳之玉簪碎矣！”余不觉惊曰：“何时碎之？何人碎之？”庄湜曰：“吾俱不知，吾归时，即枕下取观始知之。”庄湜言已，呜咽不胜。适其时莲佩亦至，立庄湜之前问曰：“君何谓而哭也？或吾有所开罪于君耶？幸相告也。”百问不一答。莲佩固心知其哭也为彼，遂亦即庄湜身畔，掩面而哭。久之，侍婢扶莲佩归卧室。余见庄湜战栗不已，知其病重矣，即劝之安寝。

明晨，余复看庄湜。庄湜见余，如不复识，但注目直视，默不一言。余即时请谒其叔，语以庄湜病症颇危，而稍稍道及灵芳之事，冀有以助庄湜于毫末。其叔怒曰：“此人不听吾言，狂悖已甚。烦汝语彼，吾已碎其玉簪矣。此人年少任情，不知‘炫女不贞，炫士不信’，古有明训耶？”言已，就案草一方交余曰：“据此人病状，乃肝经受邪之症，用人参、白芍、半夏各三钱，南星、黄连各二钱，陈皮、甘草、白芥子各一钱，水煎服，两三剂则愈。烦为我照料一切。”言时浩叹不置。余接方，嗒然而退，招侍婢往药局配方。侍婢低声语余曰：“燕小姐昨夜死于卧室，事甚怪。主母戒勿泄言于公子。”余即问曰：“汝亲见燕小姐死状否？”侍婢曰：“吾今早始见之，盖以小刃自断其喉部也。”余曰：“万勿告公子。汝速去取药。”乃余返庄湜卧内，庄湜面发紫色，其唇已白，双目注余面不转。余问：“安否？”累问，庄湜都如不闻。余静坐室中待侍婢归。庄湜忽而摇首叹息，一似知莲佩昨夕之事者。然余心料无人语彼，何由知之？忽侍婢归，以药付余。复以一信呈庄湜。庄湜观信既已，即以授余，面色复变而为青。余侧身抚其肩。庄湜此时略下其泪，然甚稀疏。余知此乃灵芳手笔，顾今无暇阅之。更迟半句钟，侍婢将汤药而进。庄湜徐徐服之，然后静卧。余乃乘间披灵芳之信览之。信曰：

湜君足下：

病院相晤之后，银河一角，咫尺天涯，每思隆情盛意，即亦点首太息而已。今者我两人情分绝矣！前日趋叩高斋，正君偕莲姑出游时也，蒙令叔出肺腑之言相劝。昔日遗簪，乃妾请于令叔碎之，用践前言者也。今兹玉簪既碎，而吾初心易矣。望君勿恋恋细弱，须一意怜爱莲姑。妾此生所不与君结同心者，有如皦日。复望君顺承令叔婶之命，以享家庭团圞之乐，则薄命之人亦堪告慰。嗟乎！但愿订姻缘于再世，尽燕婉于来生。自兹诀别，夫复何言！

灵芳再拜

余观竟，一叹庄湜一生好事已成逝水，一叹莲佩之不可复作，而灵芳此后情境，余不暇计及之矣。庄湜忽醒而吐，余重复搓其背。庄湜吐已，语余曰："灵芳绝我，我固谅之，盖深知其心也。惜吾后此无缘复见灵芳，然而……"言至此，咽气不复成声。余即扶之而卧，直至晚上，都不作一言。余嘱侍婢好好看视，冀其明日神识清爽，即可仍图欢聚。余遂离其病榻，归寝室。然余是夕已震恐不堪，亦惟有静坐吸烟，连吸十余支，始解衣而睡，出新表视之，不觉一句半钟。余甫合眼，忽闻有人启余寝室之门，望之，则见侍婢持烛仓皇，带泪而启余曰："公子气断矣！"余急起趋至其室，按庄湜之体，冷如冰霜。少间，其叔婶俱至。其叔舍太息之外，无他言。惟其婶垂泪颤声抚庄湜曰："汝真不解事，累我至此田地！"言已复哭。

天明，余亟雇车驰至红桥某当铺，出新表典押，意此表今不送人亦无不可。余既典得四十金，即出，乃遇一女子，其面右腮有红痣如瓜子大。猛忆此女乃灵芳之婢，遂问之曰："灵姑安否？"女含泪不答。余知不佳。时女引余至当铺屋角语余曰："姑娘前夕已自缢，悯哉！今家中无钱部署丧事，故主母命我来此耳。"余闻此语，伤心之处，不啻庄湜亲闻之也。

迟三日，为庄湜出葬之日，来相送者，则其远亲一人，同学一人，都不知庄湜以何因缘而殒其天年也。既安葬于众妙山庄，余出厚资给守山者，令其时购鲜花，种于坟前，盖不忍使庄湜复见残英，今兹庄湜、灵芳、莲佩之情缘既了，彼三人者，或一日有相见之期，然而难也。

非梦记

吾邑汪玄度，老画师也，其人正直，为里党所推。妻早亡，剩二女，长曰薇香，次曰芸香，均国色。玄度自教二女绘事。有燕生名海琴者，其父与玄度世交，因遣之从玄度学。既三年，颇得云林之致，而生孜孜若无能也。玄度爱生如己子，欲以薇香妻之；生之父母，俱皆当意。生行年十二，遭母丧，父挈之博游西樵。逾年归，将为生行订婚之礼，不料以消渴疾卒，生惟依其婶刘氏。后三年，玄度重以姻事闻于刘，刘意殊不属，乃婉言曰："待之，待之，更三年议此未迟也。"

一日，刘假无心之词，问生曰："汝爱薇香否？"生视地不答。刘曰："薇香，好女子也，惟我问诸算命先生矣，恐不利于汝，故为汝辞之耳。"生愈不语。过四月，生得沉疾，刘百问不一答。刘心知其理，耳语之曰："我有甥女凤娴，与薇香不上下，定为汝娶之，勿戚也。薇香但善画，须知画者，寒不可衣，饥不可食，岂如凤娴家累千金，门当户对者耶？"生不语如故。

又过五日，生病稍痊。刘大悦，命侍婢阿娟以玫瑰点心进之。诘朝，生徐行至燕处之室。甫入，见刘与一靓妆之女郎共话。女突见生，即起立欲避。生凝瞩不转。刘见生，慰问倍切，忽而微哂，引女郎之手，即问生曰："昨日点心美乎？"生曰："厥制滋佳。"因问所自来，刘向女郎言曰："汝今日更为海琴多制百枚，彼病新瘥，食量必倍于汝。"此时，女郎红上梨涡。生肃然欲退，刘止之，笑曰："海琴今日见嘉宾不拜，何也？既啖人家点心，不当道谢耶？"生如言，与女郎为礼。女亦莞尔，盈盈下拜。此觌面之始也。停午，女亲持重酪及饼子馈生，生亦欣然相受。抵暮，生患又发，体中温度逾四十。第二日，人略清爽，复见女郎软步温香，捧药而进。自是，殷勤调护，彼此默不一言。一夕，生目稍瞑，忽觉有人即枕畔引生右手，加诸鼻端闻之，复倾首以樱唇微微亲生之腮。迄生张目而视，则女郎悄立于灯畔，着雪白轻纱衫，靡颜腻理。二人眼光频频相对，生中心愈觉摇摇，久之，微启女郎曰："阿姊悴矣。"又曰："何事见教？敬烦阿姊以芳名见告。"女低鬟不应。有间，生再问曰："婶娘安睡未？"女又不应，然见生发问，若欣欣然有喜色，即探怀出一嵌珠小盒授生，回身而去。厥后，生久不睹女郎，乃私叩阿娟曰："前日女郎何人也？"阿娟笑而不答。他日又问，附耳曰："汪家薇香，公子认得未？"既而，生自念薇香贞默达礼，吾虽在病中，岂容为我侍侧？"矧以香盒见贻，于礼尤悖。生不见薇香七稔，然幼小之时，知其腰纤细，发茂密，及其双涡动处，今日尚历历忆之。继而更设一想，谓此女郎或吾在梦中所遇，非真薇香，殆阿娟给我耳。执盒细瞻之，异常精好，疑香如故，则又明明非梦。使阿娟之言属实，何以容发并不符协？此际百思亦不能得其真。综之，此女郎非薇香，即凤娴，非凤娴，即薇香，舍此二人，婶娘决无遣看病榻之理。由往复推勘，如入魔不醒。忽而急起呼曰："阿娟，汝趣告主母，公子非薇香，即毕生不娶也。"数日，生似愈而非愈。刘复慰曰："汝须自宁其神，明春为汝娶薇香也。"生自此日，为状微适。有僧名遣凡者，与生素旧，微窥其情，随时示以《般若》意旨，令自开悟。而生执于滞情，疑信参半。

破夏，遣凡约生赴鼎湖，居报恩寺四十余日，病仍弗瘳。一日，生泛舟过一桥，有二女行钓水边，微风动裾，风致乃如仙人。生审觇之，的与垂髫时无参差，正薇香姊妹也。心跃然动不已，知阿娟之言妄。既归，访之小沙弥，方知玄度寄寓宝幢南院。明日，晨斋毕，生谒玄度。玄度粗衣，垢面，而神宇高古，方伏案作画，画松下一老僧，独坐弹琴，一鹤飞下。既竟，命生为题之。生接笔构思，少选，书一绝句曰：

海天空阔九皋深，
飞下松阴听鼓琴。
明日飘然又何处？
白云与尔共无心。

玄度自捻其须曰："字迹类女子，然小诗可诵也。"已而告生曰："吾来已两月，一二日须返里，为先人修墓。汝软弱，于此静养为宜，吾事毕，即来看汝。"生闻言，戚然改容，知不能与薇香于此图良会也，遂辞其师，出门惘惘。路上遇韦媪迎面言曰："久未见公子，公子面容瘦峭，何也？我正有无穷之言，宜加质问，公子许我乎？"生心滋异，回忆媪是薇香奶母，慈祥之人也，恭谨答曰："惟媪之命。"媪第一问曰："颇闻人言，公子已定婚，其人丽且富也，非欤？"生曰："未之前闻。"第二问曰："公子髫龄时，与薇香甚相亲爱，今公子忆念之乎？"生曰："深忆之。"第三问曰："薇香曾有何物赠公子？"生曰："有其亡母所遗波斯国合心花钗。"第四问曰："今犹在否？"生曰："珍藏之。"最后第五问曰："公子爱花钗，抑爱表妹之香盒耶？"生始耸然不能为辞，相顾良久，反问媪曰："媪那由知香盒事？"媪不答，即正色言曰："薇香倾心向公子以来，匪日不思公子，密告我曰：'不偶公子，不如无生。'我深念薇香虽贫，公子夙称风义，固如是负一女子耶？"生从容答曰："我心亦如薇香。此事禀父母之命，我实誓此心：天下女子，非薇香不娶也！"遂将得病受盒诸事，一一白媪，媪始省刘之用心，并非公子忘怀。生濒行，曰："上帝在天，矢死不移吾志！"媪曰："佳哉，公子之言也！公子珍重千万！我他日会令薇香见公子，望公子勿泄于人。"

生归寺中，日思日惧，知刘果无意于薇香。一日，闲步至山门，见柳瘦于骨，山容肃然，知清秋亦垂尽矣，即以此日辞遣凡归家。遣凡勉之曰：“子有夙慧，我深信之。毋近绰约，自不沉烦惑之海，子其念之。”生抵家，日伺韦媪之践其前约。忽有阿娟趋至，瞪目谓生曰：“公子且登楼，有事相告。”生果从之登楼。阿娟当窗以千里镜授生，遥指泽边言曰：“公子谛视之，勿误也。”生引镜临眺，远远一女子，倚风独盼，审视，赫然薇香也。俄一男子步近其前。生觉手足酥软，坠镜于地。阿娟扶之下楼，生几半日不动。阿娟乘间曰：“言之，或勿讶耶？吾见此状不一次矣，以公子不在家，未即进言于公子。前时公子见问侍汤药者何人，吾以为薇香，今则知实为公子表妹凤娴也。表妹幽闲贞静，爱公子罔有悛心；而薇香之为人，公子今日殆有以见之矣。然公子当日要吾告主母，非若人不娶，吾诚不知公子于义何取？或公子未知其人底细。主母时亦有言，在理应为公子娶薇香，然而婚姻事大，既微闻此女有解珮遗簪之行，则此女何得污吾公子？主母故遣表妹一见公子，以试公子怀抱。奈何公子不察，口口声声，谓非薇香不要，至于苦病连绵。今公子自思，岂可以金玉之质，为炫女摧折？其憨真不值薇香之一笑。公子诚能自净其心，一依主母之命，则吾亦藉公子洪福，承迎公子，终身享有齐眉之乐。愿公子审思之。”阿娟言毕，生注目视几上书箧，默不一语。

明日，阿娟引凤娴入生之室，而告生曰：“公子病中存问之人也。”言已遂行。凤娴始以轻婉之声启生曰：“表兄玉体少安耶？”生应曰：“敬谢表妹。”二人寂然而立，空庭落叶，二人一一听之。凤娴觇生睫间似有泪痕，婉慰之曰：“望苍苍者佑表兄无恙。”言已乃出。既而稍停趾，似待生发言。生果有言曰：“请表妹得闲来坐。”凤娴既去，生复悄然自念。移时即启书箧，出花钗，以帨拭泪，然后裹之，呼阿娟告曰：“为我敬还薇姑，言公子家法严，不容久藏此物也。”

一日，淡云微雨，凤娴独至生室，助生理浴衣。壁上有镜，凤娴对镜而坐。俄而徐徐引其眉角向生，言苏州女子于傅粉一道，独有神悟。盖凤娴生长苏州，好纤纤而谈苏州之事，间以昵辞。生但唯唯。继而坐于生侧，卷其纤指央生曰："表兄试猜吾中指何在？"生猜之不中。凤娴微笑，执生之手，自脱珊瑚戒指，为生着之，遂以靥亲生唇际，欲言而止者再，乃嗫嚅言曰："地老天荒，吾爱无极。"言已，竟以软玉温香之身，置生怀里。生自还钗之后，心绪凄怆，甚于亡国。凤娴备悉其事，故沾沾自喜，以为生正在回心转意，徐徐输以情款，即垂手而得。刘即时时引生同凤娴游履苑中。生益怃然，觉天下无一事一物，能令其心生喜悦者。猛忆遣凡平昔所言，款款近情，殊非虚妄。作计既定，即托病，辞刘重往鼎湖。刘不知生已绝意人世，频使凤娴传问。生则凡百求弃于凤娴。而凤娴浓情蜜意，日益加切。

一日，大雾迷漫，生晨起引目望海，海沉沉无声。久之，亦似沉吟语曰："世人梦中，悠然自得真趣；若在日间，海阔天空，都无意味也。"生正在垂眉闭眼，适其时微闻足音，憬然回顾，则凤娴、阿娟同至。生延坐曰："谢表妹远道临存。"凤娴曰："我来求教，何言谢也？"忽而愕视生曰："表兄胡为颜色猝变？寺中风露侵人，表兄今日同吾归乎？"生乃凝思曰："表妹勿为吾忧，吾山居乐也。"阿娟将荔枝进生，凤娴为生擘之。此时各有心绪，脉脉不宣。阿娟既退，凤娴含笑问曰："有人咏荔枝壳云：'莫道红颜多薄命，昨宵曾抱玉郎来。'二语工乎？"生似有所念，已乃漫应曰："工。"凤娴方欲再言，生颇踧踖，时见天际雁群，忽而中断，至于遥遥不见，遂对凤娴脱口言曰："累劳玉趾，良用歉仄。既承垂爱，今有至言相告：吾多病，殆不能归家，即于寺中长蔬拜佛，一报父母养育之恩，一修来生之果。幸表妹为白婶娘，请婶娘哀恕之。"凤娴闻言，蕴泪于睫，视生曰："表兄，此言何谓？吾岂敢传于尊婶？须知吾身未分明，万一尊婶闻此言，以为吾必有所开罪于表兄，则吾与表兄无相见之日，表兄彬彬温蔼之人，岂忍之乎？吾亦知有一人牵表兄之臆，顾其人弗端，人皆知之，表兄宁无所闻？今表兄忽以此言相示，且问吾谬戾至于何地？嗟夫！表兄倾听之：海潮澌澌，是吾瘗身处也！"言讫，呜咽不已。此时情网弥天而下，生莫知所可。可见凤娴已清瘦可怜，竟以手扶凤娴，恍然凝思。既而变其词曰："表妹既知吾言为有因，则必宥其离世之志。表妹高义干云，吾岂无感纫在心？

适所言肆甚，须知吾心房已碎，不知为计，还望表妹怜而恕我。表妹慎勿哭。人且来。”凤娴即曰：“然则表兄知所趋避矣？”生唏嘘答曰：“自今以去，常接表妹欢笑，不得谓非上苍垂愍。”凤娴此时如石去心，复露其柔媚之态，抱生，以己颊偎生之颊，已而力加亲吻，遂与生别。

生一夕闻僧言玄度重来宝幢养疴。携灯参谒，则玄度病颇沉顿，二女并侍榻侧。薇香见生入，即避座而去。芸香垂其双睫，似不欲视生也者。玄度视生，乃无一言。时方雨甚，韦媪坚留生宿隔院。夜已深沉，媪持烛来视，亦甚致敬，已而突诘生曰：“公子前此使阿娟期薇香于泽畔，公子乃忽爽其约，而遣他人替代，宜乎薇香不与之言而返。敢问公子何以对薇香？其时吾曾谒公子之门，阿娟答言公子已外出。公子岂知薇香忧迫之情而怜恤之耶？薇香初意本不欲出，吾特以公子情深义重，力加劝勉，始毅然赴命耳。”生闻言，心为一震，即仓皇答曰：“此何日事？吾未尝有是约也。”媪思之，复曰：“是亦不能无问。然则花钗亦非公子亲交阿娟者耶？”生曰：“花钗固吾亲交阿娟，令返薇香。”媪曰：“意何在也？”生曰：“此语何能答？亦不须问。今实告吾媪，吾此来鼎湖，不久当祝发为僧……”生至此，咽塞不能续言，乃逆吞其泪，颤声曰：“请妪语吾亲爱之人，钗去而寸心存也！”媪此时愀然作色曰：“前朝公子与一送眼流眉者相抱而泣，沙弥共见之，此曷为而然者耶？始吾叹公子信义多情，吾今然后知公子矣。”媪与生对答时，薇香潜立户外，一一俱闻之。既返，踞椅于邑，抽刀遽欲自刭，闻其父呻楚声，则又自止，若是者三。顷之，与芸香共寝，芸香言相生仪表，决非负心之人。薇香斗忆生言“寸心存”，犹有藕断丝连之意，又思答媪之第一语，中心油然暗喜，意必有人诳生，则他时二人亲证，自能回复其心。是夜，雨滴不人止，生亦不能成寐，思媪之言，实出至诚，知前时所见，实薇香见绐于人。愈思则愈见薇香淑质贞亮，决其人无他遇。天明，将还钗本末陈露于媪，深自引咎。乃归寺，汲汲无欢。

无何，玄度病卒，生出资营葬于宝幢，媪遂同薇香姊妹归乡。生亦以刘命催归。归时已不见凤娴，生始责阿娟妄言伤正。阿娟忐忑曰：“不敢，既不许吾为知言，公子当后识耳。”越日，刘谓生曰：“汝终日容色不悦，何也？汝须自珍重，月内我为汝定凤娴为归，腊月涓吉成礼，百年之好，吾为汝庆。汝前谓非薇香不娶，此汝年鬓尚轻，不晓世事。薇香德素何如，今姑勿论，使其人卓然贞白，娶之不但无一星之益，人且藐吾家世。我仔细回环，所以必为汝娶凤娴者，门户计耳，非我故为猜薄薇香。凤娴亦婉惠可爱，何悖于汝？今汝须静听吾言，勿为他人所惑，此男儿立身之道也。”生跪刘之前，力争曰：“我负薇香，独谓义何？”刘怒曰：“汝但博一女子欢心，视我之言为呓辞耶？”生此时知刘意不可挽回，时日西夕，生往叩薇香之门。韦媪肃之入，生告之故，媪令薇香庭迎。是夕，月寒霜冷，生肢体战动，无以致辞。忽进抱薇香于怀，两人胸际沉浮呼吸，息息皆闻。良久，薇香回其含赪之面，就生微叹曰：“君既迫于家庭之命，则吾又岂容违越？愿自保爱，毋以一女子伤君之怀。吾衔恩恋德，以至于今者，以君或能娶我耳。不谓天心已定，何必更言？今兹犹得接君眉宇，于吾福命已足，复何憾也？”言已，仡然以其葱纤轻推生手，辞生而入，不欲以泪眼向生也。生惶惧而还，不知所以。

翌晨，生忽不见踪迹，三日并无音耗。刘以薇香诱生讼于官，官乃刑鞫薇香，薇香无言，遂押薇香于女牢，生不知也。薇香颜色憔悴，不可复言，然自念为生之故而受厄，甘也。生辞家行至虎山，盈眸寂乐，乃为僧。数十晨夕，忆薇香不已，请一村妪潜修音问。芸香得书，辞甚瑰丽。芸香不敢泄其事，便同韦媪寻生，欲生归，一白其姊之冤。二人至钦州，值江上盗贼蜂起，劫芸香以去。媪望门乞良，薇香不知也。

先是邑中有巨富姓陈名道者，求生之画，累年不得，厥心违怨。偶游虎山，忽见生，即归，具禀有词，谓生与石剑儒同党，今潜迹沙门，恐有犯上之事。时巡抚某公，素知生名，因亲往寺中，与生闲谈，甚敬爱之；临行，密以实情告生，令即去。及生离山未半日，而某公捕生之缇骑发矣，生穷寒路次，由是变易姓名，鬻画为生。两阅月，至烟村，地去大良十数里。有老人见生行步容色可怜，款生于别馆。生一夕独坐凝思，冀伊人之入梦也。忽见凤娴窃步入室，容发如旧，生惊愕欲绝。凤娴审视生，灭灯同坐，微微太息。然后低声言曰："表兄勿骇，老人吾祖也，今晨闻婢辈谈客窈窕无双，又见手笔，知是表兄。比闻官府求表兄颇急，未审何因？幸表兄不以前事告吾祖父。但未知表兄今欲何行？"生默坐不应。凤娴双手揽生，凄然下泣曰："吾愧汝念汝，情何极也！已而，生依所教，作书慰刘，将避地大良。凤娴为生备资甚丰，将新制凤文之绶，亲为生束之。黎旦，生别凤娴。半月，得从间道达大良，止于波罗寺。寺为明时旧构，风景大佳。生饮水读书，狷行自喜，人间幻景，一一付之淡忘。僧众尊敬之。

明年秋，有女眷游息于寺，生瞥见一青衣，面容动静酷肖芸香，殷勤瞻瞩，问其名居，不告。明晨，生于窗上得芸香手简，始知薇香系狱，媪流落无方，生魂胆俱丧。束装归家，凤娴已俟生久矣。刘请释薇香。薇香出狱，自归屋中，空无一人。生投书薇香，尽言为僧及遇芸香之事。薇香披文下涕，辄思自裁，又恐贻生母子之忤，遂寄食于邻媪，为人绣花朵以自度，矢志不嫁人。或劝薇香，薇香不听也。忽一夕，生约薇香于疏星之下，以伤切之声言曰："父母双亡，亦有何乐？薇香知吾言中之意乎？"薇香俯首低声曰："知之。"生曰："善！吾爱汝，心神俱切，顾运与人忤，吾两人此生终无缘分矣。今兹汝我前事，都不必提，惟吾两人后此之心，当如何得其归宿，则不能不于此夜今时解决之耳。"薇香再三叹息，乃谨容答曰："人生为泪，死为魂耳。吾前此不曾谓君毋以我累君家庭之乐乎？"生曰："然，事势至是，婉恋之情当即断绝。然而天地绵绵，我今试问汝立志不嫁他人，亦有以教我作人不？"薇香曰："此言何为至于我哉？女子不嫁，寻常事耳。"生反复与言，终无动志，乃跪薇香之前言曰："汝不嫁人，我亦终吾身不娶；婶娘如见逼者，有死而已！"薇香扶生于怀，言曰："是何言耶？君殊亦未为吾计也，须知吾之处境，实不同君，君如学我，是促吾命耳；君果爱我者，舍处顺而外，无第二义。望君切勿以区区为念，承顺尊婶，一不辜尊婶之恩，二不负凤娴之义。吾今生虽不属群，但得见君享团圞之福，则所以慰我者不已多乎？"言至此，以指示生曰："有人！"

生回望，则凤娴矗立于后，目光如何，生不能见，但闻凤娴微微一叹曰："彼何人者？"生枯立如石人。凤娴即曰："向也阿娟谓此女眼色媚人，今乃知果清超拔欲也。"生复回视，知薇香已去，因叹曰："贤哉，薇香乎！"凤娴续曰："此言良信。表兄盍有以成其志耶？"生仰天而嘘。少间，问凤娴曰："其言一一谛听否？"凤娴但凝睇而不答。须臾，以脸伏生胸次，言曰："表兄爱之，固其宜矣，独弗体尊婶之心，而云终身不娶？抑以我不肖，弗屑缔盟耶？"言时，娇泣不止。生知不必更语，为扶将曰："归。"明日，生接薇香书，书仅数言。生不食而泣，三诣薇香，终不复见。刘与凤娴极力慰解。会遣凡来访，刘便使生经营行装，与遣凡重游大良，冀遣凡有以收束其心。

一日，途中见两丽人骑细马而来，其前一人顾盼不舍，其后一人微微以目示意，令生相随。生知是芸香，心骤喜，意此行必得薇香迹兆，足不觉随其后而步。俄至一巨阀，邑邑徘徊。至日落，忽见韦媪出，漫向生曰："公子佳乎？"且言：在钦州遇盗，与芸香分散，月前乞食经此，托天之庇，复得与芸香相会；芸香自遭劫后，江学使以重金购得之，今即此家女公子侍儿也。生问："薇香安居？"媪闻言，恨且叹曰："尊婶真不谅人！"遂执生手，叹喟频频。生战栗曰："媪语我，薇香安在。"媪终不答一言。生趋而返。明日，晓钟未发，不辞遣凡而去。

生与薇香慕恋事，遣凡微有所闻。尔日遍觅生不得，即驰至生家，生亦未返，乃呼阿娟细诘其事。阿娟略述之。遣凡曰："薇香今在何许？"阿娟云："薇香自作书给公子，谓初心已易，即日如大良，嘱公子无庸怀顾。凶征即兆于彼夕也。"遣凡曰："然则薇香死矣？汝亲见其死状否？"阿娟云："韦媪语我：有得素舄于江侧者，薇香遗物也；兼嘱勿言于公子。"遣凡沉思曰："公子归来，汝诚勿以此告之。"尔时凤娴在旁，泣询生归期。遣凡徐曰："以我思之，或有相见之日。"

其后年春，遣凡行次五指山，遇一执役僧，即生也。见遣凡，不谈往事。逾数月，遣凡见生山居宁谧，遂卷单而别。

◎

书信

复刘三（10 月 21 日 · 上海）

刘三我兄足下：

十二日接到复书，并洋十五元，感激无已！适兄经济拮据，愧甚！

弟现舟资未足，故未能定期东渡，日与去病先生对床风雨，意极可亲。前剑公、吹万两公来申，酒家相谈数日，乐甚，惟咸以不见兄为憾耳。剑、吹两公已往淞江矣，兄何时可以来申，得聚首之乐耶？

少公无一书至，其老太太及令弟子等于前月东渡，今尚未见来信，殊耿耿！兄捐入《天义》之款，弟到东即交申公便是。申公忙甚，不易抽身回国。

兄近日诗怀，又饶几许？前寄晦闻大作，殊妙，殊妙。曼昨夕于佩公筵上得一晤梨花馆，彼殷殷为问刘三何处。兄其速来一醉谢彼否乎？余未细陈，顺颂

起居弥健！

九月十五日

曼拜

复刘三（8月·东京）

刘三老哥足下：

前此迁居，方付上片笺，托秋枚转致。今始拜读十八日来示，如五朵云之从天飞下，喜可知也。又悉诸故人无恙，大慰下怀。老哥停棹西子湖边，诗怀必盛，何不示我一二？得以愁余朗诵，如与君同客秣陵景况也。

曼现在东，无一事堪告故人，但多疢病，静居终日。待二三月后，申公老太太抵此，方能往乡下与母亲同住。

老哥与石君丹生同寓否？去冬舟中与石君握别，行将一载，石君无恙耶？前月戴君鸿渠来东京游，与曼相遇，友爱如昔。今戴君已返大阪，寓大阪北区上福岛北一丁目七十一,一安静馆。前此又遇吴君中俊（果超，江苏金山），彼云曾在江南陆军小学，故识余。并问及老哥。后戴君往访其居，已他迁不遇，想近日回国，老哥知其人否？

曼春间妄作《梵文典》一部，枚公命速将付梓，后以印人索价太奢，（盖日本尚无此种字母，惟欧洲有之，且有英文插入，故难。）现尚束之箧底。过蒙诸大德赐序，为卷帙之光，今附寄告白，以尘清览。又申夫人集《画谱》一册，但愿老哥湖山游倦时，各作一序（《曼殊画谱》序、《梵文典》

序），或诗词赠我。又望代属剑公锡我数章，即无上乐。

曼决心西游印度，专学古昔言文，顾以托钵之身，未能筹得路费，置之徐图而已。（前在沪借兄之款，迄未奉还，抱歉之至！叨在故交，敢乞容其时日耳。）曼现暂寓东京小石川区久坚町二十七番瑜伽师地。如赐教言，望寄此处，以后乡居住址情形，再当相闻。

海航、达权两公，久不闻问，或因通书，幸为道念。

附寄书三册，启文八册，望老哥将此启文赠诸居士，当是功德无量矣。又致相片数幅：一为吾幼时随大父大母所照；一为吾母抚余；一为吾姐。吾大父大母弃余数年，今惟吾母、吾姊与曼三人形影相依而已。附寄一绝，曼不能作诗，乞为教正复我，感甚！

东来与慈亲相会，忽感刘三、天梅去我万里，不知涕泗之横流也

九年画壁成空相（余出家刚九年），万里归来一病身。
泪眼更谁愁似我？亲前犹自忆词人。

致刘三（5月29日·东京）

季平我兄如见：

前去两笺，画一幅，想已尘清鉴矣。弟脑痛如故，医者谓是病无甚要紧，但须静养，故弟近日心绪至无聊赖。又闻佩公病卧沪上，势将不起，中心凄怆！未知吾兄居沪抑尚留武林？暇时万望见示行止，以慰下怀。

弟每日为梵学会婆罗门僧传译二时半。梵文师弥君印度博学者也。来东两月，弟与交游，为益良多。尝属共译梵诗《云使》一篇，《云使》乃梵土诗圣迦梨达奢所著长篇叙事诗，如此土《离骚》者。奈弟日中不能多所用心，异日或能勉译之也。现欲移住海边，惟梵学会尚未觅得替人，故暂留江户。兄赐教望寄东京小石川高田丰川町三十一番（女子大学校侧）玉名馆郑琄先生转交无误。

前命画扇面，昨岁曾托末底居士题字，因迁居数次，今已失却。又《鸡鸣寺图》、《听鹃图》、《渡湘水寄怀金凤》等画，昨冬本欲携来付印，然后寄上，今并所得怀人画数十帧，竟茫然不知在何许矣。此事晤枚公可知其详。

弟西归无期，相见不知何时？终日但闻无欢之语，回忆秣陵半载，对床风雨，受教无量，而今尚可得耶?

附去两刺，望便中寄海航、达权两兄，并乞代述近况为感！余容续呈，伏维强饭。临楮可胜驰恋！

四月十一晨

弟雪顶礼

伯纯先生一片，乞寄海航哥代达。

致刘三（11 月 14 日 · 南京）

刘三足下：

前兄处转来达权信已收到。兄何不与衲一言，抑怒衲耶？衲任学林工课，每晨八时直至十二时，疲甚，故久未修书奉候，望见谅耳。

海航终日伴其夫人，不敢出门一步，殊可怜矣。少公已返国。衲前日过沪，日余即返。闻佩公亦于月杪至沪。兄何时返申？暇时尚望寄衲数言。岁末衲或返东。今冬沪上，当必握手相笑耳。昨得晦闻来信，居香港背山面海，意殊自得，劝衲不应为入世之想。仁山老居士创设学林，实末世胜事，不敢不应赴耳。兄何以见教耶？

二十一日

衲元顶礼

达权地址，敬乞示知为感。

致刘三（11 月 28 日 · 上海）

刘三我哥足下：

匆匆握别，无一书至，殆以曼根器浅薄，不屑教诲。见弃之速，情奚以堪？

曼前此所为，无一是处，都因无阅历，故人均以此疏曼。思之成痗。第天下事无有易于骂人者。曼处境苦极，深契如兄，岂不知之？家庭事虽不足为兄道，每一念及，伤心无极矣！嗟乎，刘三，曼诚不愿栖迟于此五浊恶世也。

前太炎有信来，命曼随行，南入印度。现路费未足，未能预定行期。曼下月初可以返东，顷已谢绝交游。惟望兄勿弃我太甚而已。天寒风厉，依望珍重！暇时望有以教曼也。

十月二十三

弟曼殊顶礼

致刘三（10月11日·南京）

刘三侍者：

西湖别后，得杨仁山长老命，故于十三晚抵宁。昨日见航公，喜甚。

足下起居如前否？此处校务，均已妥备，现向镇江、扬州诸大刹召选僧侣，想下月初可开课。教授汉文闻是李晓暾先生，讲经即仁老也。看二三年后僧众如能精进，即遣赴日本、印度留学梵章，佛日重辉，或赖此耳。得山、意周师处不及另言，如足下得暇，望将此信转达白云庵。幸甚。

宁地已冷，出入未便，瑛冬候当返申。足下何时至沪？届期望将地址示知，以便聚谈。航公合府迁居此土，闻今冬不至沪云。

瑛现任仁老公馆内，诸事尚适，不似前此之常出交游也，今午，杭州夏曾佑居士来此相见，居士深究内典，殊堪佩伏。瑛于此亦时得闻仁老谈经，欣幸无量。仁老八十余龄，道体坚固，声音宏亮。今日谨保我佛余光，如崦嵫落日者，惟仁老一人而已。十余年前，印度有法护尊者（达摩波罗）寄二书仁老，盖始创摩诃菩提会，弘扬末法，思召震旦僧侣共往者。昨仁老检出，已属瑛翻成华文矣，异日将原函一并印出，当奉台览。现在该会如何，尚未谛审。仁老云："当时以无僧侣能赴其请，伤哉！"

瑛比来屏弃诸缘，日惟养静听经而已。足下作何消遣耶？余容续呈。此叩

道履万福！

得山、意周两大和尚均候。

十七日
元瑛顶礼

赐教乞寄至：南京延龄巷池州杨公馆苏子谷收，为妥。

致刘三（5 月 20 日 · 东京）

季平爱友垂鉴：

别将半载，无时不思！昨秋白云庵南楼一聆教诲，即赴秣陵；阅数月东行，又无握别之缘。及今未闻动定，少病少恼不？行脚僧皮囊如故。思维畴昔，随公左右，教我为诗。于今东涂西抹，得稿盈寸，相去万里，反不得公为我点铁，如何，如何！前托枚公转致《文姬图》，随意得之，非敢言画，收到尚望答我一笺。“梦中不识路，何以慰相思”耶？

雪近为脑病所苦，每日午前赴梵学会为印度婆罗门僧传译二时半。医者劝午后工夫仅以一小时为限。《拜伦集》今已全篇脱稿，待友人付印毕事，当速呈上，以证心量。

近证得“支那”一语确非“秦”字转音。先是见《翻译名义集》，译“支那”一语本“巧诈”义，心滋疑惑。及今读印度古诗《摩诃婆罗多》元文，始知当时已有“支那”之名。按《摩诃婆罗多》乃印度婆罗多朝纪事诗。前此有王名婆罗多，其时有大战，后始统一印度，遂有此作。王言：“尝亲统大军，行至北境，文物特盛，民多巧智，殆支那分族”云云。考婆罗多朝在西纪前千四百年，正震旦商时。当时印人慕我文化，称“智巧”

耳。又闻王所言波斯国俗，今时所证皆确。雪尝以经典载印度事实，质之婆罗门僧，无一毫支离；而西人所考，多所差舛。今新学人咸谓“支那”乃“秦”字转音，实非也。故附书之，以问吾公。

雪西归尚未有期，心绪万千，付之沧波一棹耳。

四月初二日

雪蝶顶礼

赐教乞寄：日本东京神田小川町四十一川又馆王盛铭君转寄，幸甚。

再启者：海航哥久未通书，或因通信，乞公为我问。默君为况何似？

淀江道中

隐隐孤村起白烟，家家携酒种春田。
羸马未须愁路远，桃花红欲上吟鞭。

代柯子柬少侯

小楼春尽雨丝丝，孤负添香对语时。
宝镜有尘难见面，妆台红粉画谁眉？

有寄

玉砌孤行夜有声，美人泪眼尚分明。
莫愁此夕情何限？指点荒烟锁石城。
生天成佛我何能？幽梦无凭恨不胜。
多谢刘三问消息，尚留微命作诗僧。

弹筝人将行，出绡属绘《金粉江山图》，奉题二绝

乍听骊歌似有情，危弦远道客魂惊。
何心描画闲金粉？枯木寒山满故城。

送卿归去海潮生，点染生绡好赠行。
五里徘徊仍远别，未应辛苦为调筝。

刘三诗人点铁

理理合十

致高天梅（6月8日·爪哇）

天梅居士侍者：

昨岁自江户归国，拟于桂花香里，趋叩高斋，而竟不果。情根未断，思子为劳。顷接《南社》初集一册，日夕诵之，如与诸故人相对，快慰何言！拙诗亦见录存，不亦佛头着粪耶？

衲行脚南荒，药炉为伍，不觉逾岁。旧病新瘥，于田亩间尽日与田夫闲话，或寂处斗室，哦诗排闷。“比来一病轻于燕，扶上雕鞍马不知”，惟有长嗟而已。

大著精妙无伦，佩服！佩服！衲尝谓拜伦足以贯灵均、太白，雪莱足以合义山、长吉，而莎士比、弥尔顿、田尼孙以及美之郎弗劳诸子，只可与杜甫争高下。此其所以为国家诗人，非所语于灵界诗翁也。近世学人，均以为泰西文学精华，尽集林、严二氏故纸堆中。嗟夫，何吾国文风不竞之甚也！严氏诸译，衲均未经目，林氏说部，衲亦无暇观之。惟《金塔剖尸记》、《鲁滨逊漂流记》二书、以少时曾读其元文，故售诵之，甚为佩伏。余如《吟边燕语》、《不如归》均译自第二人之手——林不谙英文，可谓译自第三人之手，所以不及万一。甚矣，译事之难也！前见辜氏《痴汉骑马歌》，可谓辞气相副。顾元作所以知名者，盖以其为一夜脱稿，且颂其君，锦上添花，岂不人悦，奈非如罗拔氏专为苍生者何？此视吾国七步之才，至性之作，相去远矣。惜夫辜氏志不在文字，而为宗室诗匠牢其根性也。衲谓凡治一国文学，须精通其文字。昔歌德逢人必劝之治英文，此语专为拜伦之诗而发。夫以瞿德之才，岂未能译拜伦之诗？以非其本真耳。太白复生，不易吾言。

昨岁南渡，舟中遇西班牙才女罗弼氏，亦以此说为当，即赠我西诗数册。每于榔风椰雨之际，挑灯披卷，且思罗子，不能忘弭也。

未知居士近日作何消遣？亦一思及残僧漂流绝岛耶？前夕，商人招饮，醉卧道中，卒遇友人扶归始觉。南渡以来，惟此一段笑话耳。

屈子沉江前三日

阿难发自耶婆提（见《佛国记》）旧都

亚子、道公、吹万无恙耶？震新兄不得一晤，奈何？《南社》一册，已代呈绍南先生矣。又及。

致邓秋枚、蔡哲夫（3月·东京）

秋枚、哲夫两公侍者：

久未奉书，少病少恼不？沙鸥月内须赴淀江省母。前月廿二日复哲公一信，妥收未？晦公来沪亦已定行期否？

奉寄春本万龙相两张，人称是“江户名花第一枝”。沙鸥于东曾一见之，但肌肤鲜润耳。

日来花谢花开，真无聊赖。近得数绝，布鼓雷门，不敢言诗也。

忽闻邻女艳阳歌，南国诗人近若何？
欲寄数行相问讯，落花如雨乱愁多。（《寄广州晦公》）

偷尝天女唇中露（此译拜伦 Oh dewg gathei from thy lip 句），
几度临风拭泪痕。
日日思君令人老，绿窗无语正黄昏。（《水户观梅有寄》）

禅心一任蛾眉妒，佛说原来怨是亲（佛言亲即是怨，怨即是

亲）。雨笠烟蓑归去也，与人无爱亦无嗔。（《失题》）

斜插莲蓬美且鬈，曾教粉指印青编。
此后不知魂与梦，涉江同泛采莲船？（莲蓬即 ribbon）

生憎花发柳含烟，东海飘蓬二十年。
忏尽情禅空色相，琵琶湖畔枕经眠。（《西京步枫子韵》）

行人指点郑公石，沙白松青夕照边。
极目峰嵫余子尽，袈裟和泪伏碑前。（《谒平户延平生处》）

赐教望寄至：日本东京神田区小川町四十一番地川又馆郑辑五转交沙鸥。

申公一笺乞为我转之。

致刘三（5 月 26 日 · 东京）

季平我兄如见：

前托枚公转去一函，画一幅，收到望赐复一笺，以慰下怀。

雪于此每日上午为婆罗门僧传译二时半，余则无思无为。惟生平故人，念不能忘耳。兄尚留武林否？雪近为脑病所苦，未知何日得西归相见？昨秋西湖之会，尚形梦寐间也。现待梵学会觅得代人，雪即移住海边，专习吹箫，是亦无俚之极，预备将来乞食地步耳。海航、达权两兄常通信否？便中乞代候。久欲致书，每一执笔，心绪无措。兄爱我既深，必能见谅。

今如赐教，望寄日本东京小石川区高田丰川町三十一番（女子大学校侧）玉铭馆郑琄先生转交雪蝶无误。此后行止如何，另当相闻也。此肃。敬叩

清安！

四月八日

弟雪蝶顶礼

致刘三（6月7日·东京）

季平我兄如见：

前去数笺，妥收未？雪今侍家母旅次逗子海边，幽岩密箐，甚思昨秋武林之会也。未知吾兄少病少恼不？海航、达权两兄亦久别甚念，或因通书，幸为我道意。前译拜伦诗，恨不随吾兄左右，得聆教益！今蒙末底居士为我改正，亦幸甚矣。今寄去佗露哆诗一截，望兄更为点铁。佗露哆梵土近代才女也，其诗名已遍播欧美。去岁年甫十九，怨此瑶华，忽焉雕悴，乃译是篇，寄其妹氏。想兄诗囊必盛，能示我一读否？余容续呈。

四月廿日灯下

雪拜

赐教望寄日本东京小石川区高田丰川町三十一（女子大学校侧），玉名馆郑王番先生转交雪蝶无误。

乐苑

万卉币唐园，深黝乃如海。
嘉实何青青，按部分班采。

郁郁曼皋林，并闾竦苍柱。
木棉扬朱唇，临池歌口旁喻。
明月穿疏篁，眉忾无比伦。
分光照菡萏，幻作一瓯银。

佳人劝醇醪，令我精魂夺。
伫眙复伫眙，乐都长屑屑。

梵土女诗人陀露哆，为其宗国告哀，成此一首。词旨华深，正言若反。嗟呼此才，不幸短命。译为五言，以示诸友，且赠其妹氏于蓝巴干。蓝巴干者，其家族之园也。末底、曼殊同述。

刘三诗人

雪拜

复刘三（12月4日·上海）

刘三我兄足下：

谨接二十七日赐复，知不余弃，快慰何言？至云责兄，则余岂敢？前书如怨如诉，盖郁怫使然，宁如兄有湖山佳致，黄酒消忧者哉？

比来愁居，朗生、千里、晦、枚连饮，坚持不得。兄闻之，得毋谓曼忘却兄言乎？幸怜我也！

顷须俟剑妹来，方能定日东行，剑妹十五回乡，云一周可返，今逾半月尚未来，殊邑邑。

昨闻效鲁有主《神州》笔政之说，未知确否耳？佩公尝言兄与彼素有芥蒂，第何所因？能见告否？申公有意明春返居沪渎，以留东费用繁浩，且其老太太远适异国，诸凡不便故也。

近日功课忙否？暇时乞兄为我署“翁山女语”四字（或加“屈”字），各如钱大，盖家母将以《女语》付剞劂，流传日本。《女语》一卷，出屈大均《广东新语》，此系清朝禁书，兄见过否？前承允题《梵文典》，大作已就否？如兄肯为曼作传，若赠序体，最妙！因知我性情遭遇者，舍兄而外，更无他人矣。千万勿却。知己之言，固不必饰词以为美，第摹余平生伤心事实可耳（曼今年二十四）。奉寄《国粹学报》一册，《天义》二册，《社会主义讲习会报告》一纸，乞检收。前数日上海亦下微雪，连日寒凝，又无缘侍兄左右。伏维珍重，以慰劳想也！

十月二十九日

曼殊顶礼

复萧公（4月·上海）

萧公足下：

佛国归航，未见些梨之骑；经窗帘卷，频劳燕子之笺。猛忆故人，鸾飘凤泊。负杖行吟，又唏嘘不置耳！

昨晤穆弟海上，谓故乡人传不慧还俗，及属某党某会，皆妄语也。不慧性过疏懒，安敢厕身世间法耶？惟老母之恩，不能恝然置之，故时归省。足下十年情性之交，必谅我也。

拜伦诗久不习诵，曩日偶尔微辞移译，及今思之，殊觉多事。亡友笃生曾尼不慧曰："此道不可以之安身立命。"追味此言，吾诚不当以闲愁自戕也！

此次过沪，与太炎未尝相遇。此公兴致不浅，知不慧进言之缘未至，故未造访，闻已北上矣。

今托穆弟奉去《饮马荒城图》一幅，敬乞足下为焚化于赵公伯先墓前，盖同客秣陵时许赵公者，亦昔人挂剑之意。此画而后，不忍下笔矣！

曼殊顿首顿首

复罗弼·庄湘（7月18日·上海）

庄师坛次：

星洲一别，于今三年。马背郎当，致疏音问。万里书来，知说法不劳，少病少恼，深以为慰。

《燕子笺》译稿已毕，蒙惠题词，雅健雄深，人间宁有博学多情如吾师者乎！

来示所论甚当，佛教虽斥声论，然楞伽、瑜伽所说五法，曰相，曰明，曰分别，曰正智，曰真如，与波弥尼派相近。《楞严》后出，依于耳根圆通，故有声论宣明之语。是佛教亦取声论，特形式相异耳。至于应赴之说，古未之闻。昔白起为秦将，坑长平降卒四十万；至梁武帝时，志公智者，将斯悲惨之事，用警独夫好杀之心，并示所以济拔之方。武帝遂集天下高僧，建水陆道场，凡七昼夜，一时名僧，咸赴其请，应赴之法自此始。检诸内典，昔佛在世，为法施生，以法教化，一切有情，人间天上，莫不以五时八教，次第调停而成熟之，诸弟子亦各分化十方，恢弘其道。迨佛灭度后，阿难等结集三藏，流通法宝。至汉明帝时，佛法始入震旦，风流响盛。唐、宋以后，渐入浇漓，取为衣食之资，将作贩卖之具。嗟夫，异哉！自既未度，焉能度人？譬如落井救人，二俱陷溺。且施者，与而不取之谓。今我以法与人，人以财与我；是谓贸易，云何称施？况本无法与人，徒资口给耶！纵有虔诚之功，不赎贪求之过。若复苟且将事，以希利养，是谓盗施主物，又谓之负债用。律有明文，呵责非细。志公本是菩萨化身，能以圆音利物。唐持梵呗，无补秋豪。矧在今日凡僧，相去更何止万亿由延？云栖广作忏法，蔓延至今，徒误正修，以资利养，流毒沙门，其祸至烈。

至于禅宗，本无忏法，而今亦相率崇效，非但无益于正教，而适为人鄙夷，思之宁无堕泪！至谓崇拜木偶，诚劣俗矣。昔中天竺昙摩拙义善画，隋文帝时，自梵土来，遍礼中夏阿育王塔，至成都雒县大石寺，空中见十二神形，便一一貌之，乃刻木为十二神形于寺塔下。嵩山少林寺门上有画神，亦为天竺迦佛陀禅师之迹。复次有康僧铠者，初入吴设象行道，时曹不兴见梵方佛画，仪范瑞严清古，自有威重俨然之色，使人见则肃恭，有皈仰心，即背而抚之，故天下盛传不兴。后此雕塑铸像，俱本曹、吴（吴即道子），时人称“曹衣出水，吴带当风。”夫偶像崇拜，天竺与希腊、罗马所同。天竺民间宗教，多雕刻狞恶神像，至婆罗门与佛教，其始但雕刻小形偶像，以为纪念，与画像相去无几耳。逮后希腊侵入，被其美术之风，而筑坛刻像始精矣。然观世尊初灭度时，弟子但宝其遗骨，贮之塔婆，或巡拜圣迹所至之处，初非以偶像为重，曾谓如彼伪仁矫义者之淫祀也哉！震旦禅师亦有烧木佛事，百丈旧规，不立佛殿，岂非得佛教之本旨者耶！若夫三十二相，八十随好，执之即成见病，况于雕刻之幻形乎？

“三斯克烈多”者，环球最古之文，大乘经典俱用之。近人不察，谓大乘经为“巴利”文，而不知小乘间用之耳。“三斯克烈多”正统，流通于中天竺、西天竺、文帝玕玛尔、华萝匹等处。盘迦梨西南接境有地名屈德，其地流通“乌利耶”文，惟与盘迦梨绝不类似，土人另有文法语集。入天竺西南境，有“求察罗帝”及“摩罗堤”两种，亦“三斯克烈多”统系也。“低娄求”为哥罗门谛海滨土语，南达案达罗之北，直过娑伽窣都芝伽南境，及溯海濒而南，达梅素边陲，扩延至尼散俾萝等处，北与乌利耶接，西与迦那多及摩罗堤接，南贯揭兰陀等处。“迦那多”与“低娄求”两文，不过少有差别耳，两种本同源也。揭兰陀字，取法于“那迦离”，然其文法结构，则甚有差别。“秣罗耶纚”则独用于摩罗钵南岸，就各种字中，“那迦离”最为重要，盖“三斯克烈多”文多以“那迦离”誊写。至十一世纪勒石镌刻，则全用“那迦离”矣。迨后南天梵章，变体为五，皆用于芬达耶岭之南，即“迦那多”、“低娄求”等。

天竺古昔，俱剥红柳皮（即柽皮）或棕榈叶（即贝叶）作书。初，天竺西北境须弥山（即喜马拉耶），其上多红柳森林，及后延及中天竺、东天竺、西天竺等处，皆用红柳皮作书，最初发见之“三斯克烈多”文系镌红柳皮上。此可证古昔所用材料矣。及后回部侵入，始用纸作书，而柽皮、贝叶废矣；惟南天仍常用之，意勿忘本耳。柽皮、贝叶乃用绳索贯其中间单孔联之，故梵土以缬结及线，名典籍曰“素怛缆”或“修多罗”，即此意也。牛羊皮革等，梵方向禁用之，盖恶其弗洁。古昔铜版，亦多用之镌刻，此皆仿柽皮或贝叶之形状。

天竺古昔，呼墨水曰“麻尸”，束芦为管曰“迦罗摩”，以墨水及束芦笔书于柽皮、贝叶及纸之上。古昔南天，或用木炭作书，尖刀笔亦尝用之，其形似女子押发长针，古人用以书蜡版者。凡书既成，乃用紫檀薄片夹之，缠以绳索，绽文绣花布之内，复实以栴檀香屑，最能耐久。先是游扶南菩提寺，尚得拜观。劫后临安，梨花魂梦，徒令人心恻耳！龙树菩萨取经，事甚渺茫，盖《华严经》在天竺何时成立，无人识之。自古相传，龙树菩萨入海，从龙宫取出。龙宫者，或疑为龙族所居，乃天竺边鄙野人；或是海滨窟殿，素有经藏，遂以“龙宫”名之，非真自海底取出也。

佛灭年代，种种传说不同。德意志开士马格斯牟勒定为西历纪元前四百七十七年。盖本《佛陀伽耶碑文》，相差又有一年之限。吾师姑从之可耳。

中夏国号曰“支那”者，有谓为“秦”字转音，欧洲学者，皆具是想；女公子新作，亦引据之。衲谓非然也。尝闻天竺遗老之言曰：“粤昔民间耕种，惟恃血指，后见中夏人将来犁耜之属，民咸骇叹，始知效法。从此命中夏人曰“支那”。“支那”者，华言“巧黠”也。是名亦见《摩诃婆罗多族大战经》，证得音非“秦”转矣。或谓因磁器得名，如日本之于漆，妄也。

按《摩诃婆罗多》与《罗摩延》二书，为长篇叙事诗，虽荷马（原译领马）亦不足望其项背。考二诗之作，在吾震旦商时，此土向无译本，惟《华严经》偶述其名称，谓出马鸣菩萨手，文固旷劫难逢。衲意奘公当日，以其无关正教，因弗之译，与《赖吒和罗》俱作《广陵散》耳。今吾震旦已从梦中褫落，更何颜絮絮辩国号！衲离绝语言文字久矣，承既明问，不觉拉杂奉复。

破夏至爪哇，昔法显亦尝经此，即《佛国记》所云“耶婆提”。今婆罗门与回教特盛，佛徒则仅剩波罗钵多大石伽蓝，倒映于颓阳之下，金碧飘零，无残碑可拓，时见海鸥飞唳。今拟岁暮归栖邓尉，力行正照。道远心长，千万珍重！闻吾师明春移居君士坦丁堡（原译君斯坦），未识异日可有机缘，扁舟容与，盈盈湖水，寒照颦眉否耶?

一千九百十一年七月十八日

曼殊沙禅里

复某君（8月·日本）

曼殊再拜敬复：

两辱手书，兼君家阿玄将来珍贶，谨拜登受！感激在心，罔有捐替！所约弗克应赴，谓山僧日醉卓氏垆前，则亦已耳！何遂要山僧坐绿呢大轿子，与红须碧眼人为伍耶？

七夕发丹凤山，鸡鸣经珠帘瀑，旁午至一处，人迹荒绝，四瞩衰柳微汀，居然倪迂画本也。草径甚微，徐步得小丘，丘后有湖，寒流清泚。有弄潮儿，手携银鱼三尾，口作笛声，过余身畔，方知为濒海之地。问："是何村？"曰："非村落。湖名'玉女'。"余直译之曰"玉娘湖"，博君一粲。

即日趁渔船渡沙陀江。初九日到樟溪，策马，马频嘶而行，顾望崦嵫，凄然身世之托。初十日至枫峡，颇类吾乡崖门。十一日小病，逆旅主人伺余甚殷渥，似怜余蹭蹬也者。黄昏，于萧疏篱落间，闻英吉利女郎歌奎迦诗人槐特《秋风鸣鸟》之词，其音淑媚无伦，令人触感兴悲。土人言："去此十余里有古刹，缔造奇特。"如病不为累，当往一观。

属觅之书，已函托波斯顿友人代购。拙著《梵书摩多体文》，已为桂伯华居士签署，明岁宜可出版。

日食摩尔登糖三袋，此茶花女酷嗜之物也。奉去小影，见其眉目，可知狂放如故。

九月可至香港。碧迦君相见否？久不寄笺，惧增伊郁耳。

复柳亚子（1月23日·东京）

亚兄足下：

联接两笺，深以为慰！大久保书，被洪乔投向石头城下矣。

病骨支离，异域飘寄，旧游如梦，能不悲哉！瑛前日略清爽，因背医生大吃年糕，故连日病势又属不佳。每日服药三剂，牛乳少许。足下试思之，药岂得如八宝饭之容易入口耶？

京都虽有倚槛窥帘之胜，徒令人思海上斗鸡走马之快耳。今晨天气和朗，医者诫勿出外，欲一探儿时巷陌不可得也。

尽日静卧，四顾悄然，但有梅影，犹令孤山、邓尉入吾魂梦。伏望足下无吝教言，幸甚，幸甚。

佩君无恙？

十二月二十六日

阿瑛谨状

大久保笺今晨方得拜诵。今日愈觉不佳，医云无碍。

二十八日午后三时又及

复柳亚子（5月·日本）

亚子足下：

湖上接手教，以乱世流离，未能裁答，想亚子必有以谅我也。

今东行省亲，未知何日与亚子相见，思之怃然。

去岁走访桐兄，其同寓谓桐兄归乡，亦不得一晤。

昨夕舟经长崎，今晨又晴又雪，计明日过马关。后日达神户，由神户改乘火车，十四日可到东京，家居数日，即侍家母往游箱根。留东约月余即西返。彼时亚子能来沪一握手否？与亚子别十余年，回忆前尘，恍如隔世。闻无忌公子竿头日进，幸甚，幸甚。去冬独秀约游邓尉，溥泉亦有此意，衲本意要亚子同行，今独秀、溥泉先后北上，和尚复有在陈之叹，故未如愿，惜哉！

林惠连自长崎舟中发

复刘半农（12 月 10 日 · 杭州）

半农先生：

来示过誉，诚惶诚恐，所记固属子虚，望先生不必问也。杂志第三本如已出版，望即日赐寄一分，因仲子北行，无由索阅。尊撰灵秀罕俦，令人神往。不慧正如图腾社会中人，无足为先生道也。近日病少除，书《人鬼记》。已得千余字。异日先生如见之，亦不必问也。

“达吐”似尝见诸《梵语杂名》，此书未携归，因不能遽答。西域术语，或神秘之名，即查泰西字书，不啻求马于唐市。

尝见先生记拜伦事，甚盛，甚盛！不慧曾见一书名“With Byron in Italy”，记拜伦事最为详细，未知沪上书坊有之否耳？

先生明春来游，甚佳。比来湖上欲雪，气候较沪上倍寒，舍闭门吸吕宋烟之外，无他情趣之事。若在开春，则绿波红栏间，颇有窥帘之盛。日来本拟过沪一行，畏寒而止。匆匆此复。警叩

撰安！

昙鸾再拜

复刘半农（12 月 17 日 · 杭州）

半公足下：

惠寄杂志，甚感。《拜伦记》（原译《拜轮记》）得细读一通，知吾公亦多情人也。不慧比来胸膈时时作痛，神经纷乱，只好垂纶湖畔，甚望吾公能早来也。朗生兄时相聚首否？彼亦缠绵悱恻之人，见时乞为不慧道念。雪茄当足一月之用，故仍无过沪之期。暇时寄我数言，以慰岑寂。

古历十一月二十三日

玄瑛顿首顿首

近见杭人《未央瓦》句云："犹是阿房三月泥，烧作未央千片瓦。"奇矣！有新制望寄一二。

复某公（6月22日·盛泽）

曼殊再拜敬复

某公阁下：

去岁自南东渡，劳公远送于野。今得广州书，复承远颁水晶糖、女儿香各两盒，以公拳挚之情，尤令山僧感怀欲泣。别后悠悠行脚，临水登山，每欲奉寄数行，聊证心量。而握管悲从中来。嗟夫！三复来示，知公固深于忧患矣！庄生云："水中有火，乃焚大槐"，今之谓也。

故交多速衲南归，顾终于无缘一返乡关。四月三十日从安徽过沪，风雨兼天。欲造访令亲，探问起居，亦不可得。与公晤会之期，尚难预定，凄恻其何能已耶！

区子固非离经叛道之人，然此时男子多变为妇人，衲只好三缄其口。昔人云："修其天爵，而人爵随之"，见时还望以此言勖之。

衲重五前三日偕燕君行抵舜湖，风景秀逸。一俟译事毕业，又重赴迎江寺，应拂尘法师之招。东行须游泰山之后始定。令弟何时渡英？如行期已决，衲有介绍书三通付之。燕君亦于秋间往合众国惠斯康新大学重攻旧业，可时相通问。未生养疴日本。图书馆事无从而知。闻文澜阁藏书已尽移于图书馆。广雅藏书无恙，但未闻有图书馆之设。使粤人多读圣贤之书，吾公亦有意于此乎？某公盛意，衲惟感篆于心，丁此四维不张之世，尤得道义之交如两公者，此生慰矣！夫复何求？

五月十八日